オリビア・カーター
人に感謝ができる素直で真面目なしっかり者。美味しいものに目がなく、よく食べる。冤罪により婚約破棄。さらに家と店を追い出され、王都に行って魔道具師として活躍する。
エリオット・ディックス
クールで理性的。表面上は穏やかで親切だが、他人と自分の間に一線引くタイプ。ダレガスの駅でオリビアと出会い、交流を深める。
オリビア魔石宝飾店へようこそ
～家と店を追い出されたので、王都に店をかまえたら、なぜか元婚約者と義妹の結婚式に出ろと言われました～

ローズ
ゴードン大魔道具店の受付嬢。おっとり系の美女。面倒見が良く、がんばるオリビアのことを応援。
ゴードン・バッグス
王都にあるゴードン大魔道具店の経営者。オリビアの父親の親友で、頼ってきたオリビアに対し親身に面倒を見る。
ハリソン
腕利きの魔道具師でゴードン大魔道具店の副店長。懐が深く、穏やかな愛妻家。大型魔道具が得意で、魔石ストーブ、魔石コンロなど主力商品を担っている。

オリビア魔石宝飾店へようこそ
～家と店を追い出されたので、王都に店をかまえたら、なぜか元婚約者と義妹の結婚式に出ろと言われました～
優木凛々
Illustration すざく
キャラクター原案 戌海コウ

contents

プロローグ　婚約破棄されて、家と店を追い出されました

（うっ、まぶしい）

オリビアは思わず目を細めた。

その青色の瞳に映り込むのは、約一年ぶりに入った自宅の応接室。

金箔《きんぱく》がちりばめられた壁紙に、部屋のあちこちに飾られた黄金に光る骨董品《こっとう》。ギラギラと輝くシャンデリアに、昼間のごとく部屋を照らす巨大な魔石ランプ。

仕事から疲れて帰ってきた彼女の目に大変優しくない部屋だ。

（ひどい成金趣味ね。元の上品な応接室は見る影もないわ。お父様とお母様が生きていたら、こんなことにはならなかったのに）

思わずため息を漏らす。

そんな彼女の態度が癇《かん》にさわったのか、部屋の中央のソファに座っていた、金色のジャケットを着た小太りの中年男性が、青筋を立てながら怒鳴った。

「聞いているのか？　オリビア！」

「はい。聞いています」

そう淡々と答えながら、彼女は、部屋中央の金色のソファに座る四人に目を移した。

顔を真っ赤にして怒っている、叔父《おじ》であり義父であるカーター準男爵。

口元に意地悪そうな笑いを浮かべて座っている、高そうな服に身を包んだ義母。

金髪緑眼の女性好きする甘いマスクに怒りの表情を浮かべた、オリビアの婚約者ヘンリー。

そのヘンリーに寄り添うように座っている、露出の高いピンクのドレスを着た、上目遣いの義妹カトリーヌ。


ゲンナリする組み合わせね。と思いながら、オリビアが淡々と口を開いた。

「すみませんが、間違いがあるといけませんので、念のためもう一回言っていただけますか？」

義父が「おまえのそういう態度が気に食わないんだ！」と顔を真っ赤にして怒鳴ると、ダンッと足を踏み鳴らして、憎々しげに太った人差し指をオリビアに突きつけた。

「よく聞け！　おまえは今日をもってクビだ！　今すぐここを出ていけ！」

「……理由をお聞きしても？」

冷静に尋ねるオリビアに、義父は勝ち誇ったように口の端を上げた。

「知っているぞ！　おまえがデザインしたと言っていた魔石宝飾品は、すべてカトリーヌが考えたものだと！　妹のアイディアを奪って自分の手柄にするなど、魔道具師の風上にもおけん！」

ヘンリーが、端整な顔を険しく歪《ゆが》めながら口を開いた。

「聞いたよ。君はずっとカトリーヌをいじめていたそうじゃないか。事あるごとに彼女を虐げ、物まで取り上げていたなんて。君は最低だ」

「ヘンリー様ぁ。わたし、本当に辛《つら》かったのですぅ」

ストロベリーブロンドを揺らしながら、カトリーヌが緑色の瞳から可憐《かれん》に涙をこぼす。

オリビアは白け切った顔で四人を見た。

（……この人たち、本気で言っているのかしら）

従妹であり義妹でもあるカトリーヌは、働くことが嫌いな怠惰な娘だ。

魔道具に興味もなければ、店に来たこともない。おまけに魔道具師になれるだけの魔力もないと聞く。

そんな彼女に、魔道具の一種である魔石宝飾品のデザインができると、なぜ思うのだろうか。

（……それに、辛い目にあわされていたのは、わたしのほうじゃない）

一年半前に父母が亡くなってすぐ、オリビアが未成年であることをいいことに、叔父一家が「後見人の義家族」として屋敷に乗り込んできた。

彼女は様々なものを彼らに奪われた。

日当たりのよい部屋に、お気に入りの服や宝飾品。後見人の立場を利用され、この家と、父親が経営していた『カーター魔道具店』の経営権も奪われた。

残されたのは、日当たりの悪い狭い部屋と、「副店長」という名ばかりの地位、ひどい激務とわずかな給与。

虐げられたのも取り上げられたのも、オリビアのほうだ。

黙っている彼女に業を煮やしたのか、義父が怒鳴った。

「カーター魔道具店の店長として命じる。オリビア副店長、おまえは今日をもってクビだ。そして、義父として宣言する。今日をもっておまえとの縁は切る！　今すぐ出ていけ！」

「わたしも宣言する。君との婚約は破棄する。君には愛想が尽きた」

ヘンリーが、口元に勝ちほこったような笑みを浮かべるカトリーヌを守るように抱きしめながら、声高に言い放つ。

オリビアは、すっと目を細めた。

言いたいことはたくさんある。でも、今まで何を言っても聞いてもらえなかったし、ここでまた言ったところで、更なる茶番を見せつけられるだけだろう。

（この一年。お父様の店を守るために我慢を重ねてきたけど、もう限界ね）

ごめんなさい。お父様。そう心の中でつぶやきながら、彼女はグッと顔を上げた。

最後は堂々と出ていこう。追い出されるんじゃない。わたしが出ていくのだ。

彼女は背筋を伸ばすと、義父の目を見て淡々と言い放った。

「はい。わかりました」

「……え？」

オリビアの言葉が予想外だったのか、四人が呆気《あっけ》にとられた顔をする。

義母が憎々しげに叫んだ。

「あなた！　何を言われたかわかっているの⁉」

「はい。店と家を出ていくことと、婚約破棄、ですよね？」

「……そ、その通りよ」

オリビアの冷静さに、義母が怯《ひる》んだ顔をする。

カトリーヌが顔を歪めて叫んだ。

「なんなのですか！」

「はい？」

「なんで、そんな普通なんですか⁉」

どうやらわたしが泣き喚《わめ》くとでも思っていたみたいねと思いながら、オリビアは、冷めた目でカトリーヌを見た。

（最後だもの。言いたいことは全部言わせてもらうわ）

オリビアは、四人を一瞥《いちべつ》すると、やれやれ。といった風に肩をすくめた。

「まあ、正直なところ、驚く理由がないのよね」

「え？」

彼女は静かに義父を見据えた。

「三か月前、店に新しい人を二人も入れてくださったときから、おかしいと思っていました。給料をほとんど払ってくれないお義父様が、『オリビアが大変そうだから』なんて人道的な理由で人を雇うなんて変ですもの。わたしの替わりに働かせるつもりで育てさせたのでしょう？」

義父が、バツが悪そうに、ツウっと目をそらす。

「ヘンリー様もです。ここ半年、会いに来たこともなければ、手紙もプレゼントもありませんでしたものね。婚約していたことすら忘れてしまうくらいでしたわ。よくカトリーヌと二人で出掛けていたようですから、きっとそちらが忙しかったのでしょうけど」

「そ、それは……」

ヘンリーが、赤くなったり青くなったりしながら、口の中でもごもご言う。

義母が、般若のような顔をして立ち上がった。

「失礼なことを言うのはおやめなさい！」

オリビアは、感情のこもらない目を義母に向けた。

「そういえば、昨日、お義母様、お金を貸せとおっしゃいましたわね。わたしを家から追い出すことが決まっていて、返さなくていいから貸してくれと言ったのですね。あいにくお貸しできるようなお金はありませんでしたけど」

「……っ！」

怒りのあまり口をパクパクさせる義母を尻目に、オリビアが部屋を出ていこうとする。

義父が怒鳴った。

「待て！　どこへ行く！」

「自分の部屋ですわ。荷物を取りに行ってきます」

「その必要はないわ。荷物なら詰めてあります。泥棒を上に上げるわけにはいかないもの」

怒り狂った顔から一転し、義母がニヤニヤし始める。カトリーヌも、わたしも手伝ってさしあげましたのよ、と意地悪そうな笑みを浮かべる。

オリビアは部屋の隅に置いてある、古ぼけて汚れたスーツケースをチラリと見ると、肩をすくめた。

「いりません」

「は？」

「いりません、と言ったのです。どうせ不用品が詰め込んであるのでしょう？」

そう無表情に言うと、オリビアはスーツケースを部屋の中央に持ってきて、「やめなさい！」という義母の金切声を無視して、全員に見えるように開いた。

「……っ！」

中にギュウギュウに詰められていたのは、つぎはぎだらけの色あせた服や下着、紙屑《かみくず》など、どう見てもゴミにしか見えない物体たち。

そのあまりの酷《ひど》さに「こ、これは……」と、言葉を失うヘンリーと、真っ青になって意味不明な弁解を始める義母とカトリーヌ。

そんな彼らを無視して、オリビアは素早くスーツケースの中に目を走らせた。

（ロクなものは入っていないだろうとは思ってはいたけど、ここまでひどいのは正直予想外だったわ）

そして、小さくため息をついた。

（……やっぱりデザイン帳は入っていない）

デザイン帳とは、オリビアがデザインを描き溜《た》めている小さなスケッチブックのことで、冊数はおよそ二〇冊。ブローチやペンダントなど、彼女のオリジナルデザインが詳細に描かれており、商品を作る際の肝とも呼べるものだ。

（なるほどね。だから義父たちがこんなに強気なのね）

デザイン帳と替わりの魔道具師がいれば、もうオリビアはいらない。とでも思っているのだろう。

取り返したいとは思うものの、彼女は視線を落とした。

（……デザイン帳には署名をしていなかった。カトリーヌが描いたものと言われても反論

ができないわ）

自分が描いたものだと主張することはできるが、このメンバーに言ったところで、泥棒とののしられるだけだろう。

（……悔しいけど、部屋に置いていたわたしが悪いと思うしかないわ）

唇を強く嚙《か》みしめ、そう自分に言い聞かせながら、再び詰められたゴミに目を走らせるオリビア。そして尋ねた。

「銀行札《ふだ》はどこですか？　部屋にあったでしょう？」

義母がズルそうな顔になった。

「知らないわ。見なかったわね。どこに置いてあったの？　教えてくれたら探してあげるわ」

「……結構です」

淡々と言い放つオリビアに、義母が怒りに顔を歪めた。

「探してあげると言っているでしょう！　言いなさい！」

「結構です。と言っているんです」

言ったところで、見つからなかったフリをして、口座のお金を勝手に引き出して盗む気でしょう、と心の中で思いながら、冷たく答えるオリビア。

睨《にら》みつけてくる義母を無視すると、静かにカトリーヌを見据えた。

「今後のデザイン、楽しみにしているわ。きっと、どれも見たことがあるものでしょうけど」

「ひ、ひどいですわ。どうしてお姉様はいじわるばかり言うんですか?」

カトリーヌが、よよと泣き崩れて、ヘンリーにしなだれかかる。

そんな茶番に見向きもせず、オリビアは使い込まれた革鞄《かばん》から、古びた銀色の鍵を二つ取り出すと、義父の前にならべた。

「こちらがこの家の鍵で、こちらが店の鍵。たしかにお返ししました。ヘンリー様、証人になってくださいますよね?」

「あ、ああ」

カトリーヌを抱えたまま、ヘンリーが目を白黒させてうなずく。彼女のあまりの潔さに、義父がタジタジになる。

オリビアは、そんな二人を冷たく一瞥すると、部屋の入り口に移動して、中に向かって丁寧にお辞儀をした。

「それでは、ごきげんよう。皆様のご健勝を心よりお祈り申し上げます」

口をポカンと開けて何も言えずにいる四人。

そんな彼らを残し、オリビアは背筋をピンと伸ばしたまま部屋を出た。

廊下に敷き詰められた金色の絨毯《じゅうたん》を踏みしめて外に出る。

そして、玄関のドアを後ろ手で閉めると、扉に寄りかかって「はあ。疲れた……」と、ため息を一つ。

再び背筋を伸ばして視線を真っすぐ前に向けると、振り返りもせず夜の街へと消えていった。

第一章 街を出ることにしました

オリビアが生まれ育った街は、ダレガスというアレクシア王国の南部に位置する地方都市だ。主要産業は、交易と時計産業。治安が良く、人と物が集まる豊かな街である。

そんなダレガスの街の一角にある、月明かりに照らされた夜の住宅街を、鞄を抱えたオリビアが、険しい顔つきで歩いていた。

（……わたし、何を持っていたかしら）

シンと静まり返った家々の間を通り抜けながら、彼女は唯一持ち出せた、いつも持ち歩いている革鞄の中身を思い浮かべた。

（財布でしょ、ハンカチでしょ、魔法陣の専門書に、『魔具箱』。それから、宝飾品をいくつか）

そして、左手の小指に光る、軽い電撃を発する護身用の魔石宝飾品《指輪》を、チラリと確認。

財布の中にホテルに泊まれるくらいのお金が入っていることを思い出すと、安堵《あんど》の息をついた。

もっと色々持ち出したかったと思うものの、仕事道具が一式入った『魔具箱』を持ってこられたのは、不幸中の幸いだったと考える。

（……となると、問題は、これからどうするか。よね）

勢いで出てきたつもりはないが、路頭に迷ったことには変わりない。

無一文ではないが、家も店も奪われた。

今後のことを考えると不安で落ち着かない気分になるが、彼女は不安を振り払うように
ブンブンと頭を振った。

（今はとりあえず、今夜どうするか決めないと）

暗い道を歩きながら、彼女は考えを巡らせた。

（誰かの家に行こうかしら。でも、きっと心配させてしまうわよね……。ここはホテルに
泊まるべきかしら。でも、狭い街だもの。絶対に誰かに会って、どうしたのかと訊かれる
わよね……）

そんなことに頭を悩ませながら、ぺたんこ靴のつま先をながめて歩くこと、しばし。

彼女は、ふと自分が見慣れた場所に立っていることに気がついた。

（……毎日通っているから、無意識に来てしまったんだわ）

前方に見えるのは、やわらかいオレンジ色の光に包まれた一軒の小さな店。

ショーウインドウからは、店内に灯《とも》っている様々な魔石ランプが見える。

オリビアは店に近づくと、入り口の上にかかっている、何度も塗り直した跡のある木の

看板を見上げた。

『魔石ランプと魔石宝飾品の店　カーター魔道具店』

（ついさっきまで働いていたのに、もう入れないなんてね……）

磨き込まれた真鍮《しんちゅう》のドアノブにそっと手を添える。

目を伏せながら思い出すのは昔のこと。

幼少のころ、オリビアは店で働く父にお弁当を届けるため、母に連れられて、よくこの店に来ていた。

『おかあさん！　おとうさんは、おみせでなに、つくってるの？』

『魔道具よ』

『まどうぐ、ってなに？』

『魔法士じゃなくても魔法が使えるようになる便利な道具よ。お父さんはね、とっても腕の良い魔道具師なのよ』

母の言う通り、父はとても腕の良い魔道具師で、専門はランプと魔石宝飾品。特に魔石宝飾品が得意で、たくさんの客が父の元を訪れていた。

客たちは皆、父に感謝の言葉を述べた。

『あの毒効果軽減の腕輪すげーな！　まったく腹を壊さなくなったぜ！　すごいな！　あんた！』

『ありがとうね。あんたの作った、痛み止めブローチのお陰で腰痛がずいぶん楽になったよ』

『この前作ってもらったピアスのお陰で目が疲れなくなった。礼を言う』

笑顔で帰っていく人々を見て、オリビアは誇らしく思った。父はなんてすごい人なのだろう。と。

店からの帰り道、彼女は母親に尋ねた。

『あたしもおとうさんみたいになれる？』

『そうね。魔力が多かったらなれるわよ』

『まりょく？』

『そうよ。魔力が多いと魔道具師になれるの』

だから、その数年後、魔力量が多いとわかった彼女が、父と同じ道を志したのはとても自然なことだった。

『わたしも父のように人を笑顔にできる魔道具師になりたい！』

そして思っていた。自分はこの店でずっと父と一緒に働くのだろう。と。

（……それがこうやって出ていくことになるんだから、人生ってわからないものね）

オリビアは、深いため息をついた。

見上げた看板が視界の中で、ぐにゃりと歪む。

これ以上ここにいたら、自分の中の何かが崩れてしまいそうで。

彼女は踵《きびす》を返すと、涙がこぼれないように星のない夜空を見上げながら、ゆっくりと街の中心部へと歩いていった。

◇

チュンチュン
朝焼けが、にじむように東の空に広がりはじめる早朝。

小鳥の声を聞きながら、オリビアは誰もいない公園の噴水で、顔を洗っていた。

（ふう。すっきりしたわ。寒い季節じゃなくてよかった）

店から離れたあと、彼女は、街の中心から少し外れたこの公園で夜を明かした。

ホテルに泊まることも考えたが、誰かに会って根掘り葉掘り聞かれるかもしれないと思うと気が重くて、街をうろついたあげく、この公園に辿《たど》り着いた。

「まさか、自分が公園のベンチで夜を明かす日が来るなんて、夢にも思わなかったわね……」

噴水の縁に座って、鞄から出した洗いざらしのハンカチで顔を拭きながら、ぼんやりとつぶやく。そして、立ち上がると、自身の格好をチェックした。

無地の白ブラウスに、同じく無地の墨色《すみいろ》のジャケットと、フレアロングスカート。

しわになりにくい素材のお陰で、服のしわも目立たないし、紺色の髪も、きちんと撫で付ければ色々と誤魔化せる。

少し気になるのが、きっとひどいであろう目の下のクマと、噴水の水で洗ったせいで付いた藻のにおいだが……。

(今はそんなこと言っている場合じゃないわ！)

朝日に照らされながら、オリビアは気合を入れるように、両手で頬をパンと叩《たた》いた。

昨晩は突然の出来事に頭が混乱していたが、一晩心を落ち着かせたお陰で、今はスッキリしている。

(さっさと、やるべきことをやってしまいましょう！)

まず彼女が向かったのは、街の中心にある銀行。目的は、銀行札《ふだ》の紛失届と新しい銀行札の発行だ。

昨日の様子からして、義理一家は自分の部屋から銀行札が見つけられていないようだった。

朝一番に銀行札を使えないようにしてしまえば、口座のお金と貸金庫の中身は守れる。

朝靄《あさもや》につつまれた中央広場を横切り、開店直後の閑散とした銀行に入ると、受付に座っていた馴染《なじ》みの女性銀行員がにっこり笑いかけてきてくれた。

「あら、オリビアさんじゃないですか。こんな時間に珍しいですね」

「はい。じつは、銀行札を紛失してしまって、口座を作り替えたいのです」

オリビアの言葉に、ざわめく銀行。

女性銀行員が緊張したような声を出した。

「……申し訳ありませんが、今、銀行札を紛失した方には、詳しく話を聞かせていただくことになっております。別室に来ていただいてもよろしいでしょうか」

いつもと違う雰囲気に首をかしげながら、オリビアが案内された応接室らしき部屋に入ると、中にはやや険しい顔をしたスーツ姿の初老の男性が一人待っていた。

「すみませんね。今、厳しくなっていましてね」

男性の話では、隣国で流行《はや》った銀行札偽造事件が、この国でも起きているらしい。

オリビアは、思わず目を見張った。

「偽造なんて可能なのですか？」

「実際に起きているところを見る限り、可能なのでしょう」

男性曰《いわ》く、『札が一時的に紛失したあと、忘れたころに全部お金を引き出される』という仕組みらしく、金持ちの商人や店の経営者が狙われる傾向にあるらしい。

「ですから、銀行札が紛失した場合は、一律聞き取りをさせていただいておりまして、もしも紛失した銀行札を持った人間が現れた場合は、事情聴取することになっています」

義母と義父が窓口で捕まって必死に言いわけしている姿を想像し、オリビアは内心苦笑いした。

（ちょっと可哀そうな気もするけど、人の口座から無断でお金を引き出そうとするんだもの。自業自得よね）

男性の問いに対し、失くしたときの状況や、紛失について家族が「知らない」と言ったことなどを丁寧に答えていく。

しばらくして、質問を終えた男性が立ち上がった。

「お聞きしたいことは以上になります。先ほど確認したところ、口座のお金は無事だそうです。新しい口座開設のお手続きをさせていただきますので、このままお待ちください」

男性と入れ違いに受付の女性が現れて、口座新設の手続きを行ってくれる。

そして、「新しい銀行札をお持ちしますね」と部屋を出ていく女性を見送りながら、オリビアはため息をついた。

（さあ。これからどうしよう）

とりあえず、お金は確保した。

しばらく暮らせる貯蓄はあるが、このままでは減る一方だ。

どこかで働かなくてはいけない。

（……でも、どこで働く？）

出鱈目《でたらめ》とはいえ、デザインを盗んだなどという最悪の理由で店をクビになったのだ。この街で魔道具師として働くのは難しいだろう。

別の仕事なら見つかるかもしれないが、幼少のころから魔道具師一筋の彼女にとって、それ以外の仕事に就くことなど考えられない。

仲の良い母方の従妹の住む遠方の街に行くことも考えるが、子どもが生まれたばかりの従妹に迷惑をかけるわけにもいかない。

（はあ……。どうしよう）

八方塞がりの状況に、思わずため息を漏らす。

そして、まずは住むところの確保かしらねと考えていた、そのとき。

彼女の脳裏に、生前の父の言葉が浮かんだ。

『もしも困ったことがあったら、この手紙を開けなさい』

それは、病床の父に渡された一通の手紙。

父の死後、見るのが辛くて、形見と共に銀行の貸金庫に入れていたはずだ。

（そうだわ！　あれよ！　今こそあれを開けるべきだわ！）

オリビアは思わず立ち上がった。

新しい銀行札を持ってきてくれた銀行員に、貸金庫を見たいと伝えて、小さな扉がならんでいる貸金庫室に案内してもらう。

そして、財布から小さな鍵を取り出すと、借りている金庫の扉を開いて、目を潤ませた。

（なんて懐かしいのかしら……）

中に入っているのは、手紙類と両親の形見である魔石宝飾品や時計。義家族に奪われそうになって、慌ててここに隠したものたちだ。

浮かんでくる懐かしい記憶に涙をこらえながら、父から渡された封筒を取り出して開封すると、入っていたのは一通の封書と手紙。

手紙には、やや乱れてはいるものの、しっかりとした父の字でこんなことが書いてあった。

『困ったことがあったら、同封してある手紙を持って、王都にあるゴードンの店を訪ねなさい。話は通してある。　父ラルフより』

予想外の内容に、オリビアは思わず目を見開いた。

ゴードンとは、父が王都で魔道具師の修業をしていたときの兄弟弟子だ。

七年ほど前に仕事で半年ほどダレガスに滞在していたこともあり、オリビアともよく知る間柄だ。

父の葬儀にもわざわざ王都から来てくれて、何かあったら訪ねてくるようにと念を押して帰っていったので、もしかすると生前に父から何か聞いていたのかもしれない。

父の手紙をながめながら、彼女は思案に暮れた。

（……内容は意外だったけど、王都に行くというのは、悪い選択肢ではない気がするわ）

王都はこの街の一〇倍は大きいと聞く。魔道具師として雇ってくれるところが、きっとあるに違いない。

オリビアは、手紙と封筒を鞄の中にしまい込むと、貸金庫を閉めた。

遠くで見ていた銀行員にお礼を言い、当面の生活費を下ろしたあと、銀行の外に出る。

銀行の外は大きな広場で、朝日は既に昇り切っており、石畳の上をたくさんの人や馬が忙しそうに往来している。

見上げると、透き通るような青みを帯びた空。

その空をながめながら、オリビアは決心した。

「行こう。王都へ」

追い出されてしまったとはいえ、父の店を残してこの街を離れるのは忍びない。でも、魔道具師を辞めてこの街に残ったところで後悔するだけだろうし、父も母もきっと悲しむ。

王都に行って、父のような立派な魔道具師を目指して頑張って働こう。

（そうと決まれば、王都行きの切符を買わないと）

オリビアは決意の表情を浮かべると、足早に歩き始めた。

雑然とした広場を横切って、朝食を売る屋台がならんでいる通りを進む。

そして、ひときわ大きな建物の前で足を止めると、屋根の看板を見上げた。


『鉄道馬車駅　ダレガス』


鉄道馬車とは、地面に敷かれた二本のレールの上を走る馬車のことだ。

普通の道ではなくレールの上を走ることに加え、馬力が普通の馬の二倍以上ある特別種を使うため、通常二日はかかる王都まで半日足らずで行ける。

とても高価なため、オリビアも遠方に住む従妹の結婚式に行った以来、乗るのは数年振りだ。

駅舎の中に入ると、そこは広場のような広い空間。教会を彷彿《ほうふつ》させる高い天井の下で、身なりの良い人々が荷物を持って忙しそうに歩き回っている。奥に見えるのは、大きな馬と石造りのホーム、長く延びた銀色のレール。

オリビアは、思わずゴクリとつばを飲み込んだ。

その独特な雰囲気に、「本当に大丈夫かしら」と不安になる。

しかし、彼女は背筋を伸ばすと、弱気になりそうな自分を奮い立たせた。

（がんばりなさい！　きっとなんとかなるわ！）

そして、ややギクシャクしながら駅の構内を歩き、『切符売場』と書いてある窓口を見つけて、「王都に行きたい」と告げると、眼鏡《めがね》の受付嬢がテキパキと言った。

「次の便は昼頃になりますが、よろしいでしょうか」

「はい。お願いします」

茶色い革の財布から、四人家族が半月暮らせるほどの金額を支払って、乗車日時が書かれた手のひらほどの大きさの切符を受け取る。

そして、駅の外に出ると「はあ」と息をついた。

たかが切符を買っただけなのに、丸一日働いたような疲労を感じるが、休んでいる暇はない。

（出発までに、やるべきことをやってしまいましょう）

彼女は広場にいた辻《つじ》馬車をつかまえると、急ぎで街の外れにある墓地に向かった。

まだ比較的新しい父母の墓前に頭を垂れて「行ってきます」の挨拶を済ませる。

そのあと、再び辻馬車に乗って駅舎近くに戻ると、入り口にならんでいる屋台で、質素な麺を頼んで腹ごしらえをする。

――そして、鉄道馬車が出発する二〇分前。

オリビアは、遂にホームに足を踏み入れた。

ホームには複数の鉄道馬車がならんでおり、たくさんの人が忙しそうに乗り降りしている。

彼女は、『王都行き』と看板の立っている一番大きなホームに立つと、軽く息を吐いた。

(王都ってどんな所なのかしら)

不安と期待が入り交じった気持ちで、どこまでも続く銀色のレールの先をながめる。

そして、もうすぐ馬車が来るという時間になって。

彼女の耳に、後ろにいるらしい男女の声が飛び込んできた。

「そこのカッコいいお兄さん、どこに行くの?」

「こんにちは。お嬢さん。家に帰るところですよ」

「まあ、またこっちに来るのかしら?　一緒にお食事でもと思ったんだけど」

「嬉《うれ》しいお誘いですが、こちらにはもう来ないのですよ」

「あらあ。残念だわあ。じゃあ、これからどう?」

男女の軽い会話に、オリビアは思わず眉をひそめた。頭の中に浮かぶのは、元婚約者へンリーと義妹カトリーヌのニヤけ顔。

(……今、一番聞きたくない会話のような気がするわ)

イライラする気持ちを隠すように、うつむき加減で目をつぶっていると、ジリジリジリジリ、と、けたたましいベルの音と共に、係員の声が構内に響き渡った。

「王都行き、到着!　王都行き、到着!」

客車二両をひいた巨大な黒馬四頭が、彼女が立っているホームめがけて走ってくる。

(……!)

そのあまりの迫力に、思わず後ろによろけそうになるオリビア。

後ろに倒れないようにと、必死に足を踏ん張ろうとした、そのとき。

「おっと」

力強い腕が彼女の背中を抱きとめた。

「大丈夫ですか?」

続いて降ってくる若い男性の声。

支えてくれた腕を頼りになんとか体勢を立て直すと、オリビアは慌てて振り向いて深々と頭を下げた。

「あ、ありがとうございました。お陰で転ばずに済みました」

「いえいえ。どういたしまして。お怪我《けが》がなくて何よりです。マダム」

「…………はい?」

オリビアがうつむいた体勢のままピシリと固まった。

「え? いえ。マダムが無事でよかったと思いまして……」

オリビアの険のある反応に、男性が戸惑ったような声を出す。

その男性が、後ろで軽口を叩いてオリビアをイライラさせた男だったせいか。この国で『マダム』という言葉が『三〇過ぎの既婚女性』を指す言葉だったせいか。はたまた、公園

で眠れぬ夜を明かして気が立っていたせいか。

気づけばオリビアは、自分より頭一つ以上大きな男性を思い切り睨みつけていた。

彼女の若さに気づき、息を飲む男性。

「わたし、マダムじゃありません！」

ヒヒーン！

オリビアの叫び声と馬の嘶《いなな》く声が、駅構内に響き渡った。

◇

男性に「本当に申し訳ありませんでした」と散々謝られたあと、オリビアは堅い表情で二台あるうちの男性とは別の客車に乗り込んだ。

客車は細長い形をしており、左右に六人掛けの木製の長椅子が設置されている一二人乗り。

ピークの時刻を過ぎたせいか、乗車したのはオリビアを含め七人で、かなり余裕がある。

オリビアは端の座席に座ると、冷たい壁に寄りかかりながらため息をついた。

（ついカッとなってしまった。あんな風に大声を出すなんて、いくら失礼なことを言われたとはいえ、よくなかったわ）

そして、反省と同時に、自嘲気味に笑った。

(……それに、マダムって言われるのも無理ないかもしれない)

今のオリビアの紺色の服は、良く言えば流行に左右されない、悪く言えばダサめの服。お洒落《しゃれ》をした時期もあったが、従業員が突然辞めてしまってから身なりに構う暇もなく、こんな格好をするようになった。

加えて、昨日ほとんど眠れていないことから、彼女はとても疲れていた。

ダサい服に、疲れた後ろ姿。

男性が『マダム』だと思ったのも不思議ではないのかもしれない。

オリビアが自嘲しながらそんなことを考えていた、そのとき。

大きなベル音と共に、駅員の声がホームに響き渡った。

「王都行き、出発！」

馬の嘶く声と、パカパカという蹄《ひづめ》の音と共に、鉄道馬車がゆっくりと動き始めた。

車窓からの風景が、駅舎から街へと切り替わっていく。

オリビアは、窓の外に目を向けた。

曇り空の下に広がる見慣れた街の風景をその目に焼きつけようと、食い入るように見つめる。

――そして、馬車が街を抜けて田園地帯に入ってしばらくして。

彼女は窓から目を離すと、息を吐いて、膝の上に置いた革鞄から書き込みだらけの本を取り出した。魔道具作成時に使う魔法陣の参考書だ。

（あまり読む気分ではないけど、時間もあるし、読んでしまいましょう）

しおりを挟んだ箇所を開き、読み始める。

しかし、いつもならすぐに夢中になるのに、今日はどんなに頑張っても内容がまったく頭に入ってこない。

何度も同じ箇所を読んで、彼女は諦めて本を閉じた。

（ダメだわ。今日はさすがに無理だわ）

本を膝の上に置いて、窓の外を流れていく景色をぼんやりとながめながら思い出すのは、元婚約者ヘンリーのこと。


今から約六年前、オリビアが一三歳の年。

彼女がデザインした魔石宝飾品が、その斬新なデザインを評価され、王都で開催された魔道具デザイン賞の審査員特別賞を受賞した。

金賞や銀賞に比べると、おまけのような賞ではあったものの、父親が「うちの娘はすごいんだ」と自慢して回ったことから、受賞の噂《うわさ》はあっという間に街に広がった。

それを聞きつけた街の時計組合が、ダレガスの名産である時計のデザインをオリビアに依頼してきた。

「ぜひ、女性向け腕時計のデザインをしてほしい」

当時、腕時計といえば、大きくて重い武骨な男性ものがほとんど。

女性の社会進出が進み、腕時計を必要とする女性が増えるなか、組合は女性向けのデザインを欲していた。

この依頼を快く引き受けたオリビアは、考えに考えてデザインを考案。

彼女がデザインした、文字盤に鳥や花などをあしらった細身の時計は、働く女性たちの間で「なんて素敵なの！」と評判になった。

時計組合はこれに大喜びで、オリビアは毎年デザインを依頼されるようになった。

これに目をつけたのが、ヘンリーの父親であり、街と周辺地域を治めているベルゴール子爵だった。彼はオリビアの才能を自分の家に取り込もうと考えた。

「娘さんのセンスは素晴らしい。ぜひ、我が息子ヘンリーと婚約してほしい」

子爵の申し出に、両親は大いに驚き心配した。

この国には、身分制度が存在する。

人口の大部分を占める「平民」。

功績を上げたり、多額の寄付を収めたりすることにより授与される「一代貴族」である準男爵。

そして代々続く男爵、子爵、伯爵、侯爵、公爵などの「世襲貴族」と、彼らの頂点に君臨する「王族」。

オリビアの父親は、魔道具開発の功績を認められて爵位を与えられた「準男爵」だ。

一応貴族の称号は持っているものの、土地を治めている訳でもなく、生活は平民とほとんど変わらない。

そんな家に、代々ダレガスの土地を治めるベルゴール子爵家から婚約の打診が来たのだ。

驚かないはずがない。

ヘンリーがいくら四男でも、れっきとした子爵家の子息だ。準男爵の娘オリビアとでは身分の釣りあいが取れない。

しかし、子爵は「オリビアの才能と実績、将来継ぐであろうカーター魔道具店があれば、このくらいの身分差は問題ない」と強く主張。

領主から、ここまで言われて断れるはずもなく、二人は婚約することになった。

当時のことを思い出し、オリビアはため息をついた。

(ヘンリー様は見目が良いから、最初会ったときは本当にドキドキしたわね)

婚約後、二人は子爵の指示に従って交際を開始した。

誕生日プレゼントを贈りあい、月一回程度外に出掛ける。出掛けた際は、ヘンリーが主にしゃべり、オリビアは聞き役。

ヘンリーは人当たりが良い反面軽い男で、下らない話がほとんどだったが、知らない世界の話も多かったため、彼女は悪くない時間を過ごすことができた。

特に波風の立たない平和な関係を続けながら、オリビアは思った。

容姿もすてきだし、一緒にいて悪い気持ちにならない。結婚するには申し分ない相手なのかもしれないわ。と。

――しかし、婚約の翌年。

父母が流行り病で相次いで亡くなり、叔父家族が家に乗り込んできて、店の金を勝手に使い込んで「準男爵」の爵位を買ってから状況が一転した。

ヘンリーの態度が徐々に変わり始めたのだ。

月一回の訪問が、二か月に一回、三か月に一回と減っていき、誕生日プレゼントもなし。カトリーヌと仲良く歩いていたという噂が耳に入り始め、最後は婚約破棄を言い渡された。

(平気なフリはしたけど、やっぱりショックよね……)

オリビアは、膝の上の短く切り揃《そろ》えられた爪に目を落とした。

たしかに自分の容姿は一般的だ。紺色の髪は地味だし、目もよく見る青色。顔立ちも背格好も極めて普通だ。カトリーヌのような人目をひく容姿はしていない。でも、今まで勉強や仕事をしっかりやってきたという自負があった。

（……でも、そんなものは関係なかったのね）

ヘンリーが選んだのは、怠惰で働くことが嫌いな嘘《うそ》つきカトリーヌ。

今までの自分の努力に価値がないと突きつけられたような気分だ。

（……なんなのかしらね。このやるせない気持ちは）

鼻の奥がツンとなってきて、慌てて窓の外を見るオリビア。

馬を何度か交換しながら、王都を目指して進む馬車。

そして、進むこと九時間。空が薔薇《ばら》色に染まり始めるころ。彼女を乗せた鉄道馬車は、王都に到着した。


（こ、これが王都……！）

到着の合図を聞いて、緊張しながら鉄道馬車を降り、オリビアは目を丸くした。

（っ！　広い！）

見上げるような高い天井に、太い柱、どこまでも続くホーム。こんな大きな建物は見たことがない。しかも、祭りの日なんじゃないかと思うほど、たくさん人がいる。

とりあえず外に出ようと、荷物を抱えて『出口』と書かれた看板下の長蛇の列にならぶ。

不愛想な駅員に切符を渡して駅舎の外に出て、彼女は目の前に広がる光景に、思わず口をポカンと開けた。

（す、すごい……！　すごすぎる！）

オリビアの住んでいた屋敷が一〇は入りそうな広大な駅前広場に、見たこともないほどたくさんの人が忙しそうに歩いている。

（しかも、建物が高い！）

ダレガスでは、高い建物と言えば三階建て。二階建てが主で平屋も多かった。

しかし、ここ王都の建物は、見渡す限りすべて石造りの五階建てで、区画整理された街に整然とならんでいる。

馬車の窓から見たときも驚いたが、実際自分の足で降り立って見るとそれ以上だ。

「……ダレガスが田舎《いなか》だって言われるわけだわ」

オリビアは、革鞄を抱えて広場の端に立ちつくした。想像をはるかに上回る光景に、驚きと不安が入り交じる。

（……わたし、こんなところでやっていけるのかしら）

と、そのとき。彼女の目に見覚えがあるものが映った。

（……！　あれは、魔道具！）

それは石畳の歩道脇に等間隔に立っている街灯だった。ダレガスに立っているものよりずっとお洒落なデザインで、夕方の街を柔らかい光で照らしている。

オリビアは、見慣れたそれに、ふらふらと引き寄せられるように近づくと、そっと冷たい柱に手を添えて、光っている部分を見上げた。

(すごい！　最新式だわ！)

そして気がついた。街行く人々が、見たことのない魔道具を身に着けていることを。

(あれって毒判定できるステッキよね！　初めて現物を見たわ！　あの人の耳飾りの魔石、見たことがない！　何ていうのかしら⁉)

食い入るように人々の装飾品を見入る。集中しすぎて周囲の状況がまったく目に入らない。だから、「失礼ですが、大丈夫ですか？」と、声を掛けられて初めて気がついた。自分が、道行く人から少し白い目で見られているということを。

(はっ！　しまった！　恥ずかしい！)

自分がいかに危ない人間に見えていたかを察し、彼女は顔を赤く染めた。王都に来て早々にやらかしてしまった気分だ。

そんな彼女を見て、揺すってそれを教えてくれた人物が、ホッとしたような声を出した。

「よかった。大丈夫そうですね。てっきり気分が優れないのかと思いました」

声を掛けてくれたのは、オリビアをマダム呼ばわりした青年だった。

彼は帽子をとると、丁寧に頭を下げた。

「こんにちは。お嬢さん。先ほどは失礼しました」

「い、いえ。もう気になさらないでください。わたしのほうこそ大きな声を出してすみませんでした」

オリビアは、バツが悪そうに目をそらしながら頭を下げ返した。今のを見られていたのは、ちょっとどころか大分恥ずかしい。

青年が礼儀正しく尋ねた。

「失礼ですが、お嬢さんはどこへ行かれるつもりですか？」

「ええっと……」

オリビアは言いよどんだ。見ず知らずの男性に、行き先をしゃべっていいものか迷ったからだ。

彼女の気持ちを察したのか、青年が安心させるように微笑《ほほえ》んだ。

「大丈夫ですよ。先ほどのお詫《わ》びにお送りしたいと思っているだけです。こう見えて、王都にはかなり詳しいのです」

彼女は、改めて青年を見た。

長身で、細いストライプの入った茶色のスーツを着て、同系色のハンチング帽子をかぶっている。のぞく髪の毛は無造作な白っぽい金髪で、商売人がよくかけている緑色の色眼鏡をかけている。革製のアタッシュケースと格好から察するに、商人だろうか。

年齢は、おそらく二〇代後半。顔も含め容姿がとても整っており、どことなく育ちが良さそうな雰囲気だ。

（……さっきも今もちゃんと謝ってくれたし、悪い人ではなさそうだわ）

王都は初めてで、右も左もわからない。詳しい人に送ってもらえるのであれば、そのほうがありがたい。幸い荷物もほとんどなく身軽だ。何かあったら走って逃げればいい。

「……では、お言葉に甘えてお願いしますわ。場所はこの紙に書いてある住所です」

革鞄から紙を取り出して手渡すと、青年は、ふむ。という顔をした。

「繁華街の中心ですね。馬車を捕まえるより歩いたほうが早そうです。一五分ほど歩きますが、大丈夫ですか？」

「はい。大丈夫です」

「わかりました。では行きましょう」

青年がゆっくりと歩き始める。

その少し後ろを、王都の大きさに圧倒されながら歩くオリビア。

道の両側にそびえる高い建物に、どこまでも続く石畳の道、お洒落な服を着た大勢の人など、見たことがないものがたくさんある。

しかし、そんな中でも目に入るのは魔石宝飾品で、オリビアは夢中で人々の着けているそれらを観察し始めた。

（あの人のカフスボタン、見事だわ。きっと腕のいい職人がいるのね。あの腕輪の魔石、ずいぶん大きいわね。ルビーかしら）

道行く人の宝飾品ばかり見ているオリビアを面白そうにながめながら、青年が尋ねた。

「宝飾品に興味があるのですか？」

「宝飾品というよりは、魔石宝飾品ですわね」

青年が少し驚いた顔をした。

「魔石宝飾品とは、ずいぶんと専門的ですね。失礼ですが、ご職業は？」

「魔道具師です」

聞かれたことを上の空で答えながら、オリビアが道行くご婦人の大ぶりなブローチを凝視する。

「ああ。なるほど」と、青年が納得したようにうなずいた。

「ずいぶん熱心に見ていらっしゃいますね」

「ええ。ダレガスではあまり見ないものばかりなので、とても勉強になります」

そして、街の雑踏を歩くこと一五分。

オリビアは、五階建ての立派な店の前に到着した。

大きなショーウインドウには様々な魔道具が飾られており、立派な看板には『ゴードン大魔道具店』と金色の文字で書いてある。

彼女は、口をポカンと開けそうになった。

（え！　こんなに大きいの！　うちの店の一〇倍以上あるじゃない！）

店を見上げながら、青年が口を開いた。

「やはりゴードン大魔道具店でしたね」

「ご存じなのですか？」

「ええ」と青年がうなずいた。「王都でも一、二を争う魔道具店ですからね。ここで働かれるのですか？」

「……いえ、そういうわけではないですけど……」

彼女は目を伏せた。魔道具師として、それなりに経験を積んできた自負はあるし、父から受け継いだ技術にも自信がある。

でも、所詮は田舎の魔道具師。何もかもが進んでいる王都でやっていけるのだろうか。

不安そうな表情を浮かべる彼女を見て、青年が目を細めた。

「心配いらないと思いますよ」

「え？」

「あなたなら王都でもどこでもなんの問題もないと思いますよ。こう見えて私は人を見る目には自信があるのです」

青年は力づけるように微笑むと、通りの奥にある建物をひょいと指差した。

「あそこのホテルは安くて食事が美味《おい》しいと評判です。お勧めですよ」

そして、オリビアがホテルに視線を向けている間に、「では、私はこれで」と踵を返し、彼女が振り返ったときには、すでに人混みの中に消えてしまっていた。

彼女はため息をついた。ホテルまで教えてもらったのに、お礼を言う暇もなかった。

（マダム呼ばわりされたのは腹が立ったけど、親切ないい人だったわ）

申し訳ない態度をとってしまったと反省しながら、もしも会う機会があったら、改めてお礼を言いたいと考える。


このあと。オリビアは、さすがに夜の訪問は良くないと、青年に教えてもらったホテルにチェックインし、翌日午前中に、店を再訪問することにした。

第二章 ゴードン大魔道具店

王都に到着した翌朝。仕事場に行く人々の波がおさまりつつある時間帯。

オリビアはホテルを出ると、ゴードン大魔道具店に向かった。

(昨日も思ったけど、本当に立派な店だわ)

五階建ての石造りの建物に、朝日に照らされて輝く豪華な看板。大きな店がならぶ通りの中でも、一、二位を争う大きさだ。

果たして自分なんかが入っていいのだろうか。そんな不安がよぎるが、オリビアは、ギュッと革鞄の柄を握り締めながら、必死に自分を鼓舞した。

(がんばるのよ！　ここまで来たら行くしかないじゃない！)

軽く息を吐いて、正面の木の扉を開けると、チリンチリン、という軽やかな鐘の音が響き渡る。

店に足を踏み入れたオリビアは、思わず目を見開いて棒立ちになった。

(広い！　まさかこれ全部魔道具なの!?)

鉄道馬車が馬ごとすっぽり入るであろう大きさの一階は、魔道具がならべられている大きな棚で埋め尽くされていた。ここに来れば大抵の魔道具は揃う。そんな印象だ。

圧倒されて佇《たたず》んでいると、入り口のそばに立っていた、フレアスカートスーツ姿のおっとりとした雰囲気のきれいな女性が、にっこりと微笑みかけてきた。

「いらっしゃいませ。ようこそゴードン大魔道具店へ。お探しのものがありましたら、ご案内させていただきます」

オリビアは我に返ると、鞄から父の手紙に同封されていたゴードン宛の封書を取り出した。

「オリビア・カーターと申します。これをゴードンさんにお渡しいただけるでしょうか」

女性は「かしこまりました」と封筒を受け取ると、オリビアを、丸テーブルと椅子が置いてある商談スペースらしき場所に案内してくれた。

「こちらでお待ちください。何かお飲みになりますか？」

さすがは都会、飲み物なんて出してくれるのね。と感心しながら、「お構いなく」と丁寧に遠慮する。そして、女性が去ったあと、そっと店内を見回した。

（一階に置いてあるのは、生活系魔道具なのね）

大きな窓と天井から吊《つ》り下げられている、たくさんのランプのお陰で、店の中はとても明るい。

ランプやドライヤー、冷蔵庫やオーブンコンロなど、様々なデザインの魔道具が取り揃えられている。

どの商品も気軽に試せるように置かれており、スーツ姿の店員が熱心に説明をしている。

とても流行っているらしく、朝だというのに、店内にはかなりの数の客がおり、店の規模も人の数も、オリビアの知る魔道具店とは大違いだ。

（外から見るよりずっと凄いわ。王都に店を持っているとは聞いていたけど、まさかこんな大きな店だなんて）

この店を見るまで、オリビアは、もしもゴードンの店に魔道具師の空きがあったら、ぜひ働かせてもらいたいと思っていた。

右も左も分からない王都で働くのは心細い。信頼するゴードンの店で働けたら安心だと思ったからだ。

（……でも、この店で働くには、わたしは魔道具師として未熟すぎるわ）

規模が大きいこともさることながら、店に置いてある商品はどれも一流品で、パッと見ただけでその質の高さが分かる。相当腕の良い職人が揃っているに違いない。

（こんなすごい店で働いてみたいけど、それにはもっと腕を磨かないとだめね）

どこか信頼できる働き口を紹介してもらえるように頼んでみよう。そうオリビアが考えていると、先ほどの女性が現れた。

「お待たせしました。店長がお待ちです」

オリビアは、緊張しながら鞄を抱えて立ち上がると、女性について二階に上がった。

二階はやや小さめの部屋になっており、ショーケースがならべられている。

「ここも店舗なのですか？」

「はい。こちらは魔石宝飾品などが置かれております」

見ていきたいという欲望にかられるものの、オリビアは首をブンブンと横に振った。

（まずはゴードンさんに会わないと）

女性はオリビアを連れてショーケースの部屋を横切ると、突き当たりにある部屋のドアをノックした。

「お連れしました」

「入ってくれ」

女性がドアを開けると、そこは応接室のような部屋で、部屋の中央には三人掛けのソファが向かい合わせに置かれている。

その片方に、白いシャツにズボンというラフな格好をした一人の体格のよい男性がドッシリと座っていた。

禿《は》げ上がった頭にあご髭《ひげ》の、いかにも職人といった風情の豪快そうな中年男性だ。

男性は立ち上がると、オリビアに向かって笑顔で手を差し出した。

「久し振りだな。オリビア。親父《おやじ》さんの葬式以来か」

「はい。ゴードンさん。お久し振りです。ご無沙汰しています」

オリビアは、慌てて差し伸べられた手を握り返した。父に似た大きくてゴツゴツした働き者の手に、どこか安心感を覚える。

ゴードンは、彼女に向かいのソファに座るように促すと、持っていた父からの手紙を机の上に置きながら、真剣な表情で口を開いた。

「早速だが手紙は読ませてもらった。ここに来たということは、何かあったんだな？」

オリビアは口を引き結んで目を伏せた。

父の店を守れなかったことを伝えなければならない自分が、どうしようもなく情けなくて、恥ずかしい。

（……でも、ありのまま話すしかないわよね）

彼女は思い切るように頭を上げると、ゴードンのやや心配そうな顔を見た。

「その。なんていうか、昨日、店をクビになりました」

「……は？」とゴードンが目を見開いた。「クビになったたって、ありゃおまえさんの店だろう？」

「叔父が、権利書を書き換えてしまったのです」

「叔父？　そんな奴《やつ》いたのか？」

「はい。父の実の弟で、ずっと疎遠だったのですが、葬儀が終わったあとに、突然後見人家族として現れて、家に住むようになって……」

当時のことを思い出し、オリビアは唇を噛んだ。

（わたしが世間知らずすぎたんだわ。お父様の弟だからって信用してはいけなかったのに、お父様とお母様が死んで心細かったからって、あんな人たちを信じてしまった）

彼女の様子を見て、何があったのかを察したらしく、ゴードンが盛大に眉をひそめた。

「……あのジャックっていう従業員はどうした？」

カーター魔道具店には、古参の従業員がいた。ジャックという名前で、オリビアが父同然に慕っていた腕の良い職人だ。

店が奪われた際も、「それはおかしい」と役所に掛けあってくれた。

「でも、役所は『正当な手続きだ』の一点張りで、追い返されてしまって……」

そのあと、義父がどこからか、犬の首輪や門の鍵など、貴族向けの魔道具の仕事を大量に取ってくるようになり、ジャックの担当業務が激増。過労により体調を崩し、田舎に帰らざるを得なくなってしまった。

何度も詰まりながら絞り出すような声で話すオリビア。

その話を険しい顔で聞きながら、話の途中で幾度となく怒りの表情を浮かべるゴードン。

そして、話が終わり、しばらく考え込むように黙ったあと、彼はゆっくりと口を開いた。

「……状況は大体わかった。それで、これからおまえさんはどうしたい？」

オリビアは軽く息をつくと、真っすぐゴードンの目を見た。

「わたしは、王都で働きたいと思っています」

どこか働き口を紹介してもらえないでしょうか、と頭を下げるオリビアに、ゴードンが考え込むような顔をする。

何か言おうと口を開きかけるが、机の上に置いてある手紙に目をとめると、「これも運命か」と小さく一言。軽くため息をつくと、オリビアの目を見て重々しく尋ねた。

「確かに王都《ここ》なら幾らでも働き口はあるが、……本当にそれでいいのか？」

確認の言葉に、オリビアは真剣な顔でこくりとうなずいた。この二日間散々考えた結果だ。迷いはない。

ゴードンが「そうか」と目をつぶる。

逡巡《しゅんじゅん》するようにしばらく黙ったあと、おもむろに口を開いた。

「……親父さんの話じゃあ、おまえさんは魔石宝飾品を専門にしたらしいな」

「はい」

「なんでだ？」

「父が作っていた魔石宝飾品が好きだったからです」

即答するオリビアに、ゴードンが口の端に微笑のようなものを浮かべた。

「なるほど。そりゃわかりやすいな。……そうだな。親父さんとの約束もある。とりあえず腕前を見せてもらえないか」

何か約束をしていたのかしらと思いながら、オリビアは「はい」とうなずいた。

大都会と大きな店に圧倒されたあとだ。正直自信はない。でも、これからお世話になるだろうゴードンには、自分の実力を見てもらっておいたほうがきっといい。

ゴードンは口の端を上げた。

「よし、じゃあ早速始めるぞ」

勢いよくソファから立ち上がると、ゴードンは廊下に出る扉を開けた。

「こっちだ」

オリビアも鞄を抱えて立ち上がると、緊張しながらその後ろを付いて行く。

部屋を出て、細い廊下を歩きながら、オリビアが尋ねた。

「腕前を見るって、なにをするんですか?」

「手っ取り早く、魔石核を作ってもらおうと思っている」

ゴードンの言葉に、彼女は、なるほど、とうなずいた。

魔石核とは、魔道具の動力源となる、魔法効果を付与した魔石のことだ。

この魔石核の出来が、魔道具の品質を大きく左右することから、ここが魔道具師の腕の見せどころになる。

ゴードンが廊下に面したドアの一つを開けて中に入ると、そこは壁一面が棚や引き出しになっている大きな作業場だった。

大きな作業台がならんでおり、そのうちの一つで、職人らしき眼鏡の男性が、何か熱心に書き物をしている。

「ここは来客用の作業場だ。実際に物を作っている作業室は、三階と四階になる」

立ち上がって挨拶しようとする眼鏡の男性を手で制止しながら、ゴードンが説明する。奥にある大きな作業台の前にオリビアを案内すると、棚を開けて何かを取り出した。

「これをやってもらおう」

ゴードンが取り出してきたのは、黒いビロードのトレイにのせられた、青い鳥の羽と、小指の爪半分ほどの大きさの青く煌《きら》めく魔石。

オリビアはトレイの上をマジマジと見た。

（サファイアと氷鳥の羽ね。どっちも高そうだわ）

魔石は、そのほとんどが鉱山で採掘され、状態が美しいものや大きいものは採れにくいため、価値が高くなる。

トレイの上の魔石は、美しく大きさもあるため、かなり高いもののように思われた。

同様に、青い羽についても、北にしか生息しない氷鳥のものである上に、状態も良いことから、こちらも高額なもののように見受けられた。

ゴードンが重々しく口を開いた。

「今回は、こいつらを使って、持ち主に害がおよびそうになったときに魔法が発動する魔石核を作ってもらう。発動条件と発動内容については、この紙に書いてある」

文字がびっしり書かれた紙を受け取るオリビア。

ちなみに、この作業のレベルは、難易度にして『高』。

氷鳥の羽を使った付与は繊細さが求められるため、魔道具師としての技術が試される内容だ。

（さあ、気合い入れるわよ）

オリビアは緊張していたことも忘れ、受け取った紙に没頭し始めた。

「なるほど。発動条件は、『持ち主が発動を望んだとき』と、『持ち主を覆う魔力が害意を感じ取ったとき』の二パターン。魔法の威力は、持ち主の意思がなければ中程度に抑える……」

ぶつぶつとつぶやきながら、何度も紙を読み込む。その様子を、ゴードンがどこか心配そうに見守る。

——そして、約五分後。

完全に理解し終わったオリビアが、横で黙って腕組みをしているゴードンを見上げた。

「魔法板を借りてもいいですか？」

ゴードンが「ああ」とうなずいて、横の作業台に置いてあった、椅子の座面ほどの大きさの銀色の金属板を彼女に渡す。

オリビアはそれを作業台の上に置くと、椅子に座って鞄の中から、革製の小さな魔具箱を取り出した。

箱の中から、白い羽と魔石の付いたペン、分度器、定規、コンパスの四つを、そっと取り出す。

そして、ペンに魔力を通すと、魔法板の上に魔法陣を描き始めた。

「持ち主が発動したいと思ったら発動。威力も持ち主の希望に従う。でも、もしも希望がなかったら、持っている力の真ん中くらいに抑えて。それから……」

ブツブツ言いながら魔法陣を描いていくオリビアを見て、その後ろに見守るように立っていたゴードンが「的確だな」とつぶやく。

そして魔法陣が出来上がり、魔法板に軽く魔力を通して具合を確かめると、オリビアはペンを置いた。

「魔法陣完成しました。ここでこのまま付与しても構いませんか？」

「ああ」と返事をして、ゴードンが一歩後ろに下がる。

オリビアは立ち上がると、魔法陣の上に氷鳥の羽と魔石を置いて、手をかざした。

「〈魔法陣発動〉」

オリビアの手から魔力が注がれ、魔法陣が光りだす。

「〈浮遊〉」

ふわり。と、彼女の魔力に包まれた羽と魔石が、キラキラと発光しながら、目の高さま

で浮かび上がる。

さあ、ここからが本番。と、オリビアは軽く息を整えると、手に魔力を集中させながら、静かに詠唱した。

「〈付与効果抽出〉」

「〈効果付与〉」

オリビアの魔力が一気に濃くなる。

光が強くなり、浮かんでいた羽から青色の魔力が抽出され、魔石の中へと流れ込んでいく。

そして、ほどなくして作業は終了。

出来上がったのは、最初よりも青みを帯びた美しい魔石核だった。

彼女はそれを指でつまむと、光に透かした。

（石と素材が良いせいか、すごくうまくいった気がする）

「できました」

オリビアが差し出した魔石を、ゴードンが呆気にとられたように見つめた。

「……あいつの娘だから、腕がいいだろうとは思ったが、想像以上だな」

努力してきたんだな。と、ぽつりとつぶやく。

そして、受け取った石を色々な角度から丁寧に確認すると、感心したような顔で見ていた眼鏡の男性に声を掛けた。

「よし。検証するか。付き合ってくれ」

◇

三人は店を出ると、裏口から続く地下の階段を下りた。

地下は堅牢《けんろう》な石壁に囲まれており、ところどころ焦げた跡がある。どうやら魔道具の実験場らしい。

ゴードンは、オリビアに壁際で見ているように言うと、部屋の中央に立って持ってきた魔石を箱から出して握り締めた。

「よし。じゃあ、やってくれ」

一緒に来た眼鏡の男性が、ゴードンに向かって軽くボールを投げつける。

ピキピキピキッ。

投げられたボールが、ゴードンに当たる直前で凍りついて地面にポトリと落ちる。

「ふむ。いいな。発動速度も威力も素晴らしい。次行くぞ」

威力を変えたり、手袋をした手で悪意を持って触ろうとしたりと、あらゆるパターンを試していく二人と、緊張しながら、ときには手伝いながら、その様子を見守るオリビア。

そして、約一〇分後。ゴードンがうなずいた。

「素晴らしい出来だ。付与方法に一部やや古いところはあったが、品質は完璧だ」

肩で息を切らしながら、「その若さで、たいしたものです」と眼鏡の男性もつぶやく。

(よかった。ちゃんとできた)

ホッと胸を撫で下ろすオリビアに、ゴードンが、ニカッと笑いながら手を差し出した。

「よし、文句なしの採用だ！　今日からおまえは、このゴードン大魔道具店の専属職人だ！」

「え？」と、オリビアは目を見開いた。「わたし、ここで働いてもいいんですか？」

「もちろんだ！　むしろ、こんな腕のいい魔道具師を他の店になどやれん！」

真顔で断言するゴードンと、横で、うんうん。と眼鏡の男性が、小刻みにうなずく。

オリビアの視界が揺れた。

これからこの店で働けるという驚き喜びと、やっていけるのだろうかという不安、信頼するゴードンの下で働けるという安心感など、色々な感情が入り交じり、胸がいっぱいで言葉が出ない。

そんなオリビアの背中を、ゴードンが優しく叩いた。

「よし。じゃあ、上に戻るぞ。今後のことを話そうじゃないか」

こぼれそうな涙を隠すように、オリビアが感謝を込めて頭を下げた。

「ありがとうございます！　精いっぱいがんばらせていただきます！」

そのあと。ゴードンは、オリビアに給与や待遇などを丁寧に説明。

オリビアは、現在誰もいないという店の五階にある職人寮の一室に住み込んで、まずは見習い魔道具師として働かせてもらうことになった。


オリビアがゴードン大魔道具店を訪れた、その日の夜。

店の二階にある、本と書類と作りかけの魔道具だらけの雑然とした執務室で、ゴードンが部屋の中央に置いてあるソファに座ってため息をついていた。

手に持っているのは、オリビアの父であり兄弟子でもある、ラルフ・カーターからの手紙。

中に入っている便せんには少し震えた字でこんなことが書いてあった。

『親愛なるゴードン
おまえがこの手紙を見ているということは、おれはもうこの世にいないということだろう。
残念ではあるが、仕方のないことだし、家族や友人に恵まれて幸せな人生だったと思っている。

ただ、一つだけ気がかりなことがある。オリビアだ。

彼女はしっかりしてはいるが、まだまだ子どもだ。おれに似て無鉄砲だし、無邪気すぎるところもある。

婚約者もジャックもいるが、人生なにがあるかわからない。

だから、いざというときに助けてやってくれないか。

オリビアには困ったらこの手紙を持っておまえのところに行けと伝える。

この手紙を見たら、オリビアに事情を聞いて、助けてやってくれ。

よろしく頼む。

最後に、おまえには本当に世話になった。感謝する。ありがとう。

ラルフ・カーター
（追伸）できれば例の件、よろしく頼む』

ゴードンとオリビアの父ラルフとの出会いは、約三〇年前だ。

王都の有名魔道具師に弟子入りしたところ、そこに兄弟子としていたのがラルフだった。

お互い田舎出身だったこともあり、二人はすぐに意気投合し、よくつるむようになった。

ラルフはいわゆる「魔道具馬鹿」で、魔道具以外のことは、からきしだった。

何日もロクな食事をせずに倒れたり、寝不足のあまり立ったまま寝たりと、まるで子どものような男だった。

ただ、魔道具師としての腕は抜群で、すぐに頭角を現した。

当時は隣国であるガルド帝国と戦争中で、その勝利に寄与する魔道具を開発したとして、彼は準男爵の称号を授与されるなど華々しい活躍をした。

しかし、ある日、何の前触れもなく突然店を退職し、数年後に来た手紙で、生家のあるダレガスで店を開いたと知った。

（あのときは驚いたな。しかも久々の連絡にもかかわらず、「結婚式をやるから来てくれ」ときたもんだ）

結婚相手は、お針子だという青い目のしっかりした女性で、ゴードンは彼女に会ってとても安心した。この女性に尻を叩かれれば、ラルフもまともな生活を送るだろう。と。

そのあと、ゴードンは仕事の都合で半年ほどダレガスに滞在することになり、そのときに一二歳になるオリビアに会った。

彼女は、一〇歳になる前に魔石付与を成功させた天才で、父親の魔道具馬鹿と、母親のセンスの良さを受け継いだ、将来有望な娘だった。

すっかり親馬鹿になったラルフは、飲みながらゴードンに自慢した。

「うちの娘は天才だ！　魔力量も多いし、何より妻に似てセンスがいい！」

「よかったじゃないか。おまえにセンスが似なくて」

「ああ！　おれのデザインは、若い娘から『お洒落じゃない』と怒られるからな！」

そして、散々オリビアの自慢をしたあと、ラルフはふと真面目な顔で言った。

「まだ先にはなると思うが、オリビアをおまえの店で修業させてくれないか」

ゴードンは首をかしげた。

「かまわないが、おまえが教えるんじゃないのか？」

「もちろん、おれのすべてを叩き込むつもりではいるが、今の店だと作るものがランプと魔石宝飾品の二種類だからな」

「専門分野を極めてこその魔道具師じゃないのか？」

「一般的にはそう言うが、若いころはなるべく多くの魔道具に触れるべきだと、おれは思う」

ゴードンが、ニヤリと笑った。

「まあ、おれとしては、おまえが手放さないと思うが、オリビアが王都で働きたいと思ったら、おれの店に来るといい。彼女なら大歓迎だ」

ラルフが真剣な顔で首を横に振った。

「いや、それではダメだ。いくらオリビアが可愛《かわい》いからといって、エコひいきは人をダメにする。ちゃんとテストをして、実力が足りていると思ったら働かせてやってくれ」

ラルフらしいなと思いながら、ゴードンはうなずいた。

「ああ。わかった。約束する」

(……まさか、あのときの話が現実になるとはな)

ゴードンはため息をつきながら、ソファの背もたれに寄りかかった。

実のところ、オリビアの話を聞いて、ゴードンは店を取り戻す手助けをしようと思っていた。

後見人とはいえ、叔父が姪《めい》の資産を奪うなど許されることではない。裁判でもなんでもして取り戻してやろうと考えた。

オリビアが「王都で働きたい」と言ったときも、一瞬止めようかと思ったくらいだ。

しかし、そのとき思い出したのは、ラルフとの会話だ。

手紙の文末に書かれていた『(追伸)できれば例の件、よろしく頼む』の文言と合わせて考えると、彼の望みは、彼女がここで働くことだろう。

そのあと、ゴードンは、ラルフとの約束通りオリビアにテストし、その実力を見極めた上で採用を決定。

彼女は明後日からこの店で働くことになった。

(……これも、運命なのかもしれないな)

軽く息をつくと、ゴードンはソファから立ち上がった。

窓際に立って外をながめながら、思い出すのは、オリビアによく似た友の顔。

窓の外に揺れる街灯の光をながめながら、彼は小さくつぶやいた。

「おまえを超えるような魔道具師にしてやるから、安心して眠れよ。ラルフ」

［幕間①］義家族と元婚約者

オリビアが王都に旅立った数日後。

ダレガスにあるオリビアの生家内にある、成金趣味丸出しの金ぴかの応接室にて。

見るからに高そうなスーツを身に着けた、ヘンリーの父であり領主でもあるベルゴール子爵が、冷たい目でオリビアの叔父である準男爵を見下ろしていた。

「わたしの留守中に、ずいぶんな騒ぎが起きたようだな」

「は、はい。じつは……」

安っぽい金色のジャケットを着た準男爵が、つっかえながら一連の騒動を説明する。

子爵が冷たく口角を上げた。

「ほう。では、カーター魔道具店の魔石装飾品のほとんどは、オリビアではなくカトリーヌがデザインしたものだったと」

「はい。特にここ一年半くらいは、すべてカトリーヌが考えたものでして、例の賞を受賞したデザインも、もともとはカトリーヌのものだったようなんですよ」

準男爵が、媚《こ》びるような笑みを浮かべて、ぺこぺこしながら揉《も》み手をする。

「……カトリーヌはなんと言っている？」

「オリビアのヤツが怖くて、何も言えなかったと言ってます」

ベルゴール子爵は馬鹿にしたように鼻で笑った。

「ふん。そんな気の弱い娘には見えなかったがな。しかも、義姉と婚約中のヘンリーと懇意にしていたらしいじゃないか。そんな図々しい娘がデザインを盗《と》られて黙っているとは思えん。その話は本当なのか？」

「は、はい。本当です」

金色のハンカチで汗を拭いながら、しどろもどろになる準男爵。

その隣に座っていた、胸元の大きく開いたドレスを着た夫人が穏やかな声で言った。

「本当でございますわ。こちらをご覧ください」

彼女がローテーブルの上に置いたのは、小さめの使い込まれたスケッチブックだった。

「これはすべてカトリーヌが描いたものですわ。こうやって書き溜めていたものを取られていたようなのです」

ふむ。と、子爵がスケッチブックを手に取ってパラパラとめくった。

中にはたくさんの宝飾品デザインが所狭しと描き込まれている。

「これだけか？」

「いえ。こちらもすべてそうですわ」

夫人が微笑しながら、ローテーブルの上に同じようなスケッチブックを一〇冊ほどならべる。

「これらをカトリーヌが描いていたことは、わたくしが保証しますわ。実際に何度も見ております」

「なるほど」と子爵が考えるようにつぶやく。スケッチブックの一番後ろに書いてある『カトリーヌ・カーター』という署名を確認すると、男爵のほうを向いた。

「ヘンリーも同様のことを言っていた。近しい二人が揃って同じことを言うのであれば、そういうことなのであろうな」

「その通りです」と、男爵がこくこくとうなずく。そして、子爵に顔を寄せると、声をひそめた。

「……それに、こう言ってはなんですが、オリビアは技術面では多少優れてはいますが、融通が利きません。不都合なことになる可能性もあるかと思いまして……」

「なるほど」と子爵が眉をひそめる。そして、「まあ、あとからでも、どうにでもなるか」とつぶやくと、重々しくうなずいた。

「私は、オリビアの卓越したデザインセンスを買って、ヘンリーの婚約者とした。デザインがカトリーヌのものであれば、オリビアと婚約継続する理由はない。オリビアとの婚約を解消してカトリーヌを婚約者とすることを認める」

「あ、ありがとうございます！」

「ただし、婚約解消をしてすぐに婚約すると良くない噂が立つ恐れがある。二人が正式に婚約するのは一年後とし、結婚式はその一年後とする」

「わかりました」と、準男爵と夫人が満面の笑みを浮かべる。

隣の部屋で聞き耳を立てていたカトリーヌは、思わずグッとこぶしを握り締めた。

（やったわ！　これで正式にわたしがヘンリー様の婚約者よ！）

そして、同じように隣で喜んでいるヘンリーに抱きついた。

「ヘンリー様。ありがとうございます！　わたし、嬉しいです！」

「ああ。わたしも嬉しいよ。カトリーヌ」

ヘンリーは、鼻の下を伸ばしてカトリーヌを抱きしめると、満足げにため息をついた。

（ああ。やった。ようやく私にふさわしい生活が送れる）

ヘンリーは、ダレガス地方一帯を治めるベルゴール子爵家の四男として生まれた。

貴族として生まれ、容姿にも恵まれた彼は、幼少のころから自分が特別な人間だと信じていた。

だから、婚約者としてオリビアを紹介されたとき、彼は心の底から落胆した。

（なぜ特別な私が、こんなデザインしか取り柄のないような地味な貴族もどきの女と結婚しなければならないのだ）

しかし、父の意向には逆らえない。彼は嫌々ながらオリビアと付き合い始めた。

性格が悪くないのが救いではあったが、面白くもなんともないオリビアに、会うたびに辟易《へきえき》する。

そんなある日、オリビアの家に従妹を名乗るカトリーヌという少女が住み始めた。

可愛らしい彼女を見て、ヘンリーは衝撃を受けた。これぞ自分にふさわしい女性だと。

そして一緒に出歩くようになり、彼は妙なことに気がついた。時折、彼女がスケッチブックを出しては、何かを熱心に描いているのだ。

チラリとのぞくと、それは魔石宝飾品と思われるデザインだった。

不審に思って問い詰めると、彼女は泣きながら告白した。「じつは数年前からお姉様にデザインを奪われ続けているのです」と。

彼はすぐさまそれを父であるベルゴール子爵に報告。

この嘘つき女めと、オリビアに婚約破棄を叩きつけると、カトリーヌに婚約を申し込んだ。

結婚するまでに時間がかかりそうだが、自分にふさわしい女と一緒になれるのであれば、大した問題ではない。

彼は腕の中のカトリーヌの髪の毛を撫《な》でながら、ほくそ笑んだ。

これでようやく自分にふさわしい生活が送れるぞ。と。

一方、ヘンリーの腕の中で、カトリーヌもまたほくそ笑んでいた。

（やったわ。やっと全部わたしのものになったわ）

◇

元々、カトリーヌ一家は裕福だった。

父方の祖父がかなりの財産を残したため、働かずとも贅沢《ぜいたく》できるだけのお金があったからだ。

家は大きくて高価な品々であふれており、身に着ける服は全て高級品。容姿も優れていたため、カトリーヌは常にチヤホヤされながら育った。

しかし、彼女が一二歳のとき。

父が騙《だま》されて投資に失敗し、彼らは家と家財を売り払って街の外れにあるあばら家に引っ越さなくてはならなくなった。

父は絶望的に仕事ができず、母も働く気がなかったため、カトリーヌを待っていたのは、ボロを身にまとい明日食べるパンにも困る貧しい生活。

チヤホヤしてくれた友達には見向きもされなくなり、人々から馬鹿にしたような目で見られるようになった。

（なんで、わたしがこんな目にあわなければならないのよ）

叫びたくなるほどの鬱憤を抱えた、そんなある日。

カトリーヌは街でオリビアを見かけた。

美しい服を着て、楽しそうに婚約者と歩く姿を見て、彼女は腹の底から怒りがこみ上げた。自分がこんな目にあっているのにズルい、と。

だから、その一年後。父母と共にオリビアの屋敷に乗り込んだカトリーヌのやることは決まっていた。

「オリビアからすべてを奪う」

部屋を奪い、服を奪い、宝飾品を奪った。婚約者を奪い、母と口裏を合わせてデザインを奪い、家と店から追い出した。

そして、今日。ヘンリーの婚約者の座を正式に奪った。

笑いが止まらないとは正にこのことだ。


ヘンリーが帰ったあと。カトリーヌは部屋に戻って引き出しを開けた。

入っているのは、オリビアの部屋から盗み出したデザイン帳二〇冊。

指輪やネックレス、ピアスも含め、そのデザイン数は五〇〇点以上。一年間に一〇作品発表したとしても、五〇年はもつ計算だ。

(これでわたしも天才デザイナーとしてやっていけるわ)

オリビアのデザインはファンが多い。そのデザインを奪ったカトリーヌは、デザイナーとしての安泰が約束されたようなものだ。

(あとは、あの女の銀行札が見つかれば完璧なんだけど、こちらは追々探せばいいわ)

銀行札があれば貯金が下ろせるし、貸金庫の中身も奪える。それさえ終われば、オリビアにはもう何も残っていない。

彼女は、引き出しを閉めると意地悪くせせら笑った。

「ありがとう。お義姉《ねえ》さま。さようなら」

(さあ、これからは薔薇色の人生の始まりだわ)


――ちなみに、この一週間後。

「あ、あったわ!」

「こんなところに隠していたのね!」

カトリーヌと義母は、オリビアの部屋の古ぼけた本棚から銀行札を発見。

これでオリビアから全て奪えると、二人でスキップするように窓口に行ったところ、

「そのカードは盗難届が出ております」

「おかしいですね。オリビア様ご本人からご家族も知らないと言い切ったと聞いていますが」

と、厳しく事情聴取される羽目になるのだが、彼女はまだそのことを知らない。

第三章 新たな生活、一日目

ゴードン大魔道具店で働くことが決まった、二日後の朝。

店舗の五階にある職員寮の自室にて、オリビアは小鳥の鳴き声で目を覚ました。

ベッドから体を起こして伸びをすると、周囲を見回す。目に入ってくるのは、木の床と白い漆喰《しっくい》の壁に囲まれた小さな部屋。天井は斜めで、部屋の中にはクローゼットやドレッサーなど、木製の古い家具が置かれている。

(……もう朝なのね)

彼女は、スリッパを履いて立ち上がると、白いカーテンを開けた。

開けた先に見えるのは、通りを挟んで向かいにある同じく五階建ての建物と狭い青空。

いかにも都会、といった景色に、オリビアはため息をついた。

(……わたしが王都のど真ん中に住んでいるなんて、いまだに信じられないわ)

そして、再び大きく伸びをすると、両手で軽く頬を叩いた。

(今日から仕事!　がんばるわよ!)

オリビアは、椅子にかけてあった薄手のショールを羽織ると、部屋を出た。

部屋の外は、同じような木製のドアがならんでいるシンと静まり返った薄暗い廊下。

スリッパを履いた足でパタパタと歩いて、一番端の小窓の付いた明るいバスルームに入り、身繕いを済ませる。

そして、部屋に戻って魔石ポットでお湯を沸かしながら、昨日買ってきたパンやタルトを五つほどテーブルの上にならべると、窓から見える朝の澄んだ空をながめながら、淹《い》れた香り高い紅茶と一緒にパンを食べ始めた。

（！　美味しい！）

クルミの入っているパンはサクッと香ばしく、ミルクの香りのするパンはしっとり。イチジクの入ったタルトなんて、思わず目を見開いてしまうような美味しさだ。

（王都ってすごいわね。こんな美味しいパン屋さんが街中にあるんだから。……でも、まあ、おばさんの店の塩パンには敵《かな》わないけど）

思い出すのは、父の店の近所にあった小さなパン屋と、いつも差し入れをしてくれた目を糸のように細めて優しく笑うおばさんのこと。

（おばさん、どうしているかしら。わたしが急にいなくなって、きっと心配しているわよね……）

遠い故郷のことや店のことを思い出し、はあ。とため息をつく。

しかし、彼女は浮かんだ思考を振り払うように、ブンブンと頭を振った。

（ダメよ落ち込んだら。もう考えるのは、やめようって決めたじゃない）

前日、彼女はとある決心をした。

「思い出したり考えたりするのはやめて、前を向こう」

過去を思い出して悩み嘆いたところで何も変わらないのは、ここ一年で嫌というほど思い知った。

王都まで来て、遠いダレガスで起きた過去の出来事に頭を悩ませるのも不毛だと思う。

であれば、無理矢理にでも前を向いて、将来「あのとき、王都に行ってよかった」と思えるくらい魔道具師として成長する努力をしたほうがいい。

がんばって、父のように人を笑顔にする魔道具師になろう。

「……前を向いて、まずは目の前のことをやっていこう」

自分を鼓舞するようにつぶやくと、モリモリとパンを食べる。

そして、少し冷たくなった紅茶を一気飲みすると、気合を入れるように勢いよく立ち上がった。

（まずは着替えね！）

着ていた白いパジャマを脱ぐと、クローゼットから、ゴードンの知り合いの店で選んでもらった新しい白のブラウスと深緑色のスカート、ワインレッドのジャケットを出して身に着ける。胸元にリボンを結んで、いつも通り右耳にピアスをつける。

そして、前髪を指先で軽く整えると、両手でペチッと軽く自分の頬を叩いた。

（さあ、がんばるわよ！）


起きてから約一時間後。

オリビアは、ドキドキしながら、二階にあるゴードンの執務室を訪れていた。

ノックをして部屋に入ると、執務机に積まれた書類に埋もれるように座っていたゴードンが、オリビアの顔を見て、ニカッと笑った。

「寮はどうだ？　よく眠れたか？」

「はい。お陰様で快適に過ごさせてもらっています」

うなずくオリビアを見て、「そりゃよかった」と口角を上げると、ゴードンは時計を見上げた。

「じゃあ、早速だが、挨拶回りに行く前に、少し説明しておくか」

「はい。お願いします」

いよいよね！　と、緊張の面持ちでうなずくオリビア。ポケットからメモ帳とペンを取り出す。

ゴードンは、彼女に正面の椅子に座るように促すと、口を開いた。

「まず、うちの従業員の数は、全部で三七名だ。うち、ここ本店で働いているのは一六名。魔道具師六名に、販売事務員が一〇名だ」

「他の方はどこにいるんですか?」

「支店と王立研究所だ。田舎で支店を出した奴もいる」

ゴードンの話を書き留めながら、オリビアは感心した。さすがは王都の大魔道具店、職員が数名の一般的な魔道具店とは比較にならない規模の大きさだ。

ちなみに、王都とはいえ、やはり魔道具に携わる女性は少ないらしく、女性職員は一人。

オリビアが初めて店に来たときに案内してくれた女性だけとのことだった。

そのあとも、一人前の魔道具師になると三階か四階の個人作業室がもらえる話や、それまでは二階の作業室を使ってよい話など、これからのことを説明してくれるゴードン。

オリビアも、時々質問をしながら熱心にメモを取る。

しばらくして、ゴードンが時計をチラリと見ると、立ち上がった。

「時間だな。そろそろ行くか」

「はい」とオリビアが大きく息を吐いて立ち上がる。

二人は執務室を出ると、三階に上がる階段に向かった。

「まず行くのは、ハリソンのところだ」

「ハリソンさん、ですか」

「ああ。発熱系の魔道具を得意としている奴で、うちの看板商品の魔石コンロ、魔石ストーブなんかを作っている腕利きの魔道具師だ。まずそいつの下に付いて色々と学んでほしい」

「はい。わかりました」

オリビアは力強くうなずいた。新たな仕事に鼓動が早くなる。

（ハリソンさんって、どんな人なんだろう）

不安と緊張が入り交じった気持ちでゴードンのあとに付いて歩きながら、何度も深呼吸して心を落ち着かせる。

そして、ゴードンが「ここだ」と、三階の一番奥の扉を開けると、そこには入店試験のときにいた、黒ぶち眼鏡をかけた真面目そうな中年男性が立っていた。ベストを着てピシッとネクタイをしている。

「ハリソン。オリビアを連れてきた。今日からよろしく頼む」

「オリビアです。よろしくお願いします」

面識がある人でよかったと思いながら、彼女が頭を下げると、ハリソンが穏やかに言った。

「入店試験以来ですね。こちらこそよろしくお願いします」

はい。と返事をしながら、頭の良さそうな人だわ。と、思うオリビア。

ゴードンと二言三言やり取りしたあと、ハリソンが彼女のほうに顔を向けた。

「午前中はやることがあるようですので、午後になったら荷物を持ってここに来てください。仕事の説明をしましょう」

オリビアは緊張しながらうなずいた。

「はい。わかりました。よろしくお願いします」


「……よし、これで終わりだ」

ゴードンが、オリビアの書いた書類を執務机の上で、トントンと揃える。

「はあ。終わった……」

オリビアは、ぐったりと椅子の背もたれに寄りかかった。

ハリソンへの挨拶が終わったあと、彼女は他の作業室の魔道具師たちと、一階の販売事務員たちに挨拶を済ませ、再び二階に戻った。

ゴードンの執務室で待ち受けていたのは、魔道具師ギルドへの入会書類や王都魔道具師連盟の登録書類など、山のような書類だった。お陰で字を書きすぎて手が痛い。

ゴードンが苦笑した。

「王都は王族が住んでいるからな。魔法関連職の管理が厳しいんだ」

「そうなんですか」

「ああ。まあ、王都で働く魔法職の宿命だな」

だるくなった右手を振りながら、王都って面倒なことも多いのね。と思うオリビア。そして、そろそろお昼ご飯の時間かしら。と、考えていると。

コンコンコン。

執務室のドアを軽くノックする音が聞こえてきた。

「入っていいぞ」

ゴードンの声に、ドアがゆっくり開いて、そこには、ブルーグレーのワンピースを上品に着こなした、ミルクティー色の髪の優美な女性が立っていた。

彼女はおっとりと微笑んだ。

「こんにちは。ゴードンさん」

「おう。ローズか。どうした?」

「オリビアさんを、お昼に誘おうと思って来たの。大丈夫かしら?」

「……っ!」

オリビアは思わず目を見開いた。仲良くしてもらえたら嬉しいなとは思っていたが、まさかお昼に誘ってもらえるとは思わなかった。

ゴードンが嬉しそうな顔をした。

「ああ。仕事はもう大丈夫だ。ぜひ連れていってやってくれ」

ローズは軽くうなずくと、オリビアに笑顔を向けた。

「今から大丈夫かしら？」

「はい。大丈夫です」

「何か食べ物で苦手なものはあるかしら？」

「いえ。特にありません」

緊張しながら答えるオリビアに、ローズが微笑んだ。

「わかったわ。じゃあ、行きましょうか」

「はい」と答えて立ち上がりながら、オリビアはローズを感謝の目で見た。きっと同じ女性として気を遣ってくれたに違いない。

ローズがにっこり笑った。

「裏口から出ましょう、付いてきて」


二人は店を出ると、高い建物に囲まれた、にぎやかな大通りをならんで歩き始めた。

天気が良く、若葉色の街路樹が、春の暖かな日差しを受けてキラキラと輝いている。

ローズが歩きながら、うーん。と、気持ちよさそうに伸びをした。

「天気がいいわねえ」

「本当ですね」

空を見上げながら、オリビアは春らしい陽気に目を細めた。ダレガスよりも王都のほうが空気が少しひんやりしている気がする。

ローズが、歩きながら通りに面した可愛らしい店を指差した。

「あそこが大通りで一番人気のあるケーキ屋さん、オレンジケーキが有名よ。あと、あそこの角に見えるのが名刺屋さん。必要になったら作りに来るといいわ」

歩きながら、あちこち指を差して、役に立ちそうな店や美味しい店を丁寧に教えてくれる。

やや緊張しながらも、興味深く話を聞くオリビア。

そして、少し狭い道に入って歩くこと数分。

二人は白いパラソルがならぶテラス席のあるお洒落なレストランの前に到着した。

「ここよ。入りましょう」

店の洒落た看板を見上げながら、オリビアは感心した。

さすがは王都、ダレガスでこんなお洒落な店は見たことがない。

店は昼時ということもあり混んでおり、垢抜《あか》けた雰囲気の女性たちが楽しそうに会話をしながら食事をしている。

二人は、愛想のよいウエイトレスにテラス席に案内してもらうと、向かいあって座りながら、渡されたお洒落なメニュー表をながめた。

「ここはランチセットが美味しいの。三種類から選べるわ」

オリビアは胸を高鳴らせた。メニューといい、客層といい、ここは絶対に美味しい店に違いない。

そして、注文が終わると、二人は改めて会話を始めた。

「オリビアさんは、出身はどこなの?」

「ダレガスです」

ローズが「あら」と、軽く目を見開いた。「近いわねえ。わたし、隣の隣にあるリーズ出身よ」

「え? ローズさん、王都出身じゃないんですか?」

驚くオリビアに、ローズがおっとりと微笑んだ。

「ふふ。もう七年も住んでいるから、そう見えるのかしら」

彼女はリーズの街にある魔道具店の娘らしい。

「父がゴードンさんの友人でねえ。七年前に父の紹介で、働かせてもらうことになったの」

じつはわたしも父の紹介で働かせてもらうことになったんです、と言いながら、オリビアは親近感を覚えた。

大人っぽい女の先輩と一緒に食事ということで肩に力が入っていたのだが、共通点が見つかったお陰で気が楽になった気がする。

そして、しばらくして。

「お待たせしました」

ウエイトレスが食事を運んできた。

「カルボナーラスパゲティのセットと、キノコとバターのスパゲティのセットになります」

目の前に置かれた湯気の立つ料理にオリビアは目を輝かせた。分厚く切ったベーコンに心を躍らせながら、濃厚なチーズの香りを吸い込む。

「いただきます！」

フォークで、くるくるとパスタを絡め取って口に入れ、彼女は思わず目を見開いた。

（美味しい！　これは期待以上だわ！）

パスタにほどよく絡む舌触りのよいクリームソースも、アクセントとして使われている香り高い挽《ひ》きたて黒胡椒《こしょう》の風味も、ほどよく焼かれた旨味《うまみ》たっぷりのベーコンも、すべてが見事に調和している。

（しかも、パスタのもちもち感、最高だわ！）

幸せそうな顔で食べるオリビアに、「美味しそうに食べるわねえ」とローズが嬉しそうに微笑む。「今日はないけど、ハンバーグも美味しいのよ」と、今後楽しみな情報を教えてくれる。

そして、食事が終わり、

「すごく美味しかったです！」

「それはよかったわ」

という会話をかわしながら、二人はサービスの紅茶を飲み始めた。

（はー。美味しかったわ）

満ち足りた気分で紅茶を飲むオリビアを、ローズがニコニコしながらながめる。

そのあと、すっかり打ち解けた二人は、ミニデザートのアイスを食べながら楽しくおしゃべり。

「娘を魔道具好きに洗脳しようとした父親が、母親に怒られる。みたいなこと、なかったかしら？」

「ありました！　ちなみに、もらった魔石宝飾品の防犯能力が異常だったりしませんでした？」

「あったわねえ。試しに使ってペンダントが火を噴いたときは冷や汗が流れたわ」

など、『魔道具師の娘あるある』の話で大いに盛り上がり、

「今日はありがとうございました。本当に美味しかったです。またご一緒させてください」

「もちろんよ。また行きましょうね」

と、足取り軽く店へと帰っていった。

◇

ローズとのお昼を終えて、店に帰ってきたオリビアは、二階の作業室に置いておいた自分の荷物を持って、三階にあるハリソンの作業室に向かった。

「お邪魔します。ハリソンさん。よろしくお願いします」

「よく来ましたね。これからはノックはいりません。自由に出入りしてください」

緊張しながら「はい」と返事をするオリビアに、ハリソンが優しくうなずくと、部屋の隅にある大きめの机を指差した。

「この部屋に来たときは、あの机を使ってください。荷物を置いたら、魔具箱だけ持ってきて。仕事の説明をします」

「はい」

オリビアは、言われた通り荷物を置くと、魔具箱を持って、ハリソンがいる中央の作業机に移動した。

「ハリソンさん。お願いします」

「では。始めます。まずは……」

ハリソンが、台の上に置いてあった大きな木箱の蓋を開けた。

「これが何だかわかりますか?」

「ええっと、魔石《赤メノウ》と、これは何かの爪ですか?」

箱の中に入っていたのは、握りこぶしほどの大きさの赤い魔石と、人差し指ほどの大きさの赤い爪らしきもの。それらが箱いっぱいに無造作に入っている。

「魔石は赤メノウで正解です。大きさが半端なものを出入りの商人から安く譲ってもらいました。爪のほうは、今はもう使わなくなって久しい『火鳥《ひどり》の爪』です」

ハリソン曰く、『火鳥の爪』は、昔は非常に重宝されていたが、より高機能な別素材が発見されたため、今はほとんど使われなくなったらしい。

「まあ、時代の流れというやつですね」とつぶやくと、ハリソンがオリビアのほうを向いた。「君は、魔石宝飾品が専門だと聞きましたが、他に何か作ったことは?」

「ランプを作ったことがあります」

「なるほど。ということは、大型の魔石核を作ったことがない、と考えてもいいですか?」

オリビアは黙ってうなずいた。

大型の魔石核とは、大型の魔道具に使われる文字通り「サイズが大きい」魔石核のことだ。魔石宝飾品に使用する小さな魔石核とはまた違う技術が必要になってくるため、オリビアにとっては未知の領域だ。

ハリソンが、部屋の隅にあるストーブやコンロなどの魔道具を指差した。

「見ての通り、わたしの専門は大型の魔道具です。当然扱う魔石核も大きいものが多い。だから、君には大型の魔石核を作れるようになってもらいたいと思っています」

「はい」と返事をするオリビア。これがゴードンの言う「幅を広げる」という意味なのだろうと考える。

ハリソンが、棚から魔法陣が描かれた紙を出してきて、作業台の上に置いた。

「まずは、どのくらいできるかやってみましょうか。失敗してもいいから、この魔石と爪を使って魔石核を作ってみてください」

いきなり実戦は予想外だわと思いながら、オリビアは魔法陣の紙を手に取った。

「……これは、オーブン用の魔石核ですか?」

「そうです。一〇年以上前に流行った、ただ加熱するだけのシンプルなものです。このタイプは後に発売された新型に淘汰《とうた》されてしまいましたが、練習用にはもってこいです」

オリビアは椅子に座ると、魔具箱の中から魔石と羽のついたペンやコンパス、分度器などを取り出した。

ペンに魔力を通すと、紙見本を見ながら魔法板の上に魔法陣を描き始める。

(なるほどね。大きな魔石と素材となると、使う魔力が多くなるのね。これは魔力制御が大変そうだわ)

仕組みを解析しながら魔法陣を描いていくオリビアを、ハリソンが後ろから静かに見守る。

そして描き上がった魔法陣に軽く魔力を通して具合を確かめると、オリビアは後ろを振り返った。

「やってみてもいいですか？」

「もちろんです」

彼女は立ち上がると、魔法陣の上に爪と魔石を置いて、手をかざした。

「〈魔法陣発動〉」

オリビアの魔力を注がれた魔法陣が光り出し、爪と魔石が彼女の魔力に包まれる。

さあここからが本番と、彼女は軽く息をつくと、目を瞑《つむ》りながら詠唱した。

「〈付与効果抽出〉」

「〈効果付与〉」

魔力が濃くなり、爪から赤色の魔力が抽出されて、魔石の中へと流れていく。

いつもなら、爪に内包される魔力がなくなれば終了なのだが……。

（くっ！　癖が強すぎる！）

オリビアは、思い切り苦戦していた。

素材から魔力がうまく抽出できないのだ。しかも、やっとの思いで抽出した魔力がスムーズに魔石に入っていかない。

玉のような汗を額に浮かべながら必死に魔力を制御するが、いつもは味方のように感じる魔法陣も、まるで言うことを聞いてくれない。

その後、なんとか付与を終わらせるものの、出来上がったのは、ムラだらけのなんとも
お粗末な魔石核であった。

(こ、これはひどいわ)

彼女は、がっくりと肩を落とした。

使えなくはないだろうが、温度も発動も一定しない魔石核と呼んだら怒られそうな代物
が出来上がってしまった。

「……すみません。なんか、とんでもない物ができてしまいました」

差し出された魔石を、ハリソンが呆気にとられたように見つめる。無言で検証すると、
参ったな。とでもいうように苦笑した。

「いやいや。まさか成功させるとはね」

「え？」

「一発で成功させた奴なんて初めてじゃないか？　……まあ、課題は多い。だが、改善は
可能だし筋もいい。これはもう即戦力が手に入ったと考えてもよい気がするな……」

ハリソンがブツブツと独りごちる。

オリビアは首をかしげた。初めてにしては悪くなかったということなのだろうか。

ハリソンが袖をまくった。

「では、同じことを私がやります。見ていてください」

彼は作業台に座ると、自身の魔具箱を開いた。年季の入ったペンを取り出して魔力を通すと、コンパスや分度器を使わず、いきなり魔法陣を描き始めた。

（っ！　早い！）

オリビアは思わず口をポカンと開けた。コンパスも使わずこんな綺麗《きれい》な魔法陣が描けるなんて、一体どれだけの研鑽《けんさん》があったのだろうか。

高速で手を動かしながら、ハリソンが口を開いた。

「大きな魔石は個性が強い。それを制御するためには、魔法陣をそのまま使うとうまくいかない。方法は色々ありますが、わたしは石の個性に合わせて直接書き込んでしまうことが多いですね」

そう言いながら、石に魔力を流して具合を確かめつつ、見本にはない命令文を魔法陣に書き込む。

その技術の高さと手際のよさに感服しながら、食い入るように見るオリビア。

そして、魔法陣が出来上がると、ハリソンが立ち上がった。

「〈魔法陣発動〉」

ハリソンの魔力を注がれた魔法陣が光り出した。爪と魔石が濃密な魔力に包まれる。

オリビアは目を丸くした。ここまで強い魔力を使うとは思ってもいなかった。

　ハリソンが、静かに詠唱した。

「〈付与効果抽出〉」

「〈効果付与〉」

　魔力が更に濃くなり、発光した爪から真赤な魔力が一気に抽出される。

　驚愕《きょうがく》するオリビアをよそに、ハリソンが涼しい顔で口を開いた。

「こういった素材は魔力量が大きいから、一気にやってしまわないと、綱引き状態になってしまいます。魔石も同様。だから、一気に入れたほうが均等に入りやすい」

　そう言いながら、爪から抽出した魔力の塊を、魔石に一気に注いでいく。

　そして、出来上がったのは、色も魔力の質も均等な美しい魔石核であった。

（す、すごい！）

　あまりのすごさにオリビアは身を震わせた。

　もちろん大型の魔石を扱うコツや慣れはあるとは思う。

　しかし、本当にすごいのは、ハリソンの繊細かつ大胆な魔力操作だ。もしかするとこの点に関しては父より上かもしれない。

　ハリソンが微笑んだ。

「こういうのは実戦を繰り返すのみです。大きな魔石核は、一つ作れるようになれば応用が利きます。練習用の魔石と素材はこの通りたっぷりありますから、どんどん作ってください」

「はい！」

オリビアは尊敬の眼差しで彼を見た。なんてすごい魔道具師なんだろうか。

ハリソンが照れ臭そうに笑った。

「では、見ていますから、もう一度やってみてください」

「はい！　お願いします」

◇

この日の夕方。

オリビアはハリソンに頼まれた書類を持って、夕日色に染まったゴードンの執務室を訪れた。

「ハリソンさんからの書類をお持ちしました」

「おう。ご苦労だったな」

執務机に座ったゴードンが、オリビアから受け取った書類をぱらぱらとめくって見る。

そして、一番上にサインして横に置くと、彼女の顔を見てニヤリと笑った。

「その顔は、楽しんでいるって顔だな」

「はい！　お陰様で！」

興奮したようにうなずくオリビアを見て、ゴードンは満足そうにうなずいた。

「そりゃよかった。ハリソンに任せて正解だったな。それで、何が一番面白かった？」

オリビアは思案した。今日はハリソンに本当に色々なことを教えてもらった。魔石ストーブの話も面白かったし、次世代型オーブンコンロの話も面白かった。

でも、一番面白かった話といえば、最新の技術研究についての話だろう。

「紅火石の話が面白かったです」

紅火石とは、一年ほど前に発見された新種の魔石だ。

強い魔力に溶けるという、他にはない特殊な性質を持っており、金属のように溶かして形成することができるらしい。

ゴードンが、なるほどな。という風にうなずいた。

「ああ。ありゃおれも驚いた。ただの小石だと思っていたものが、大きな魔石に加工できるだなんて、誰も思わなかったからな」

ゴードンとそんな話をしながら、オリビアは思った。この店で働けることになって本当によかった。と。

――と、そのとき。

ボーン、ボーン、という音が鳴り響いた。時計を見上げると、夕方の五時。閉店の時間だ。

ゴードンが、ニカッと笑った。

「仕事はもう終わったか？」

「あ、はい。ハリソンさんが、この書類を出して来たら終わりだと言っていました」

「よし！　じゃあ、外に行くぞ！」

「え？」

ゴードンがニヤリとしながら立ち上がった。

「今日はおまえの歓迎会だ！」

◇

「さすがに夜は暗いわね」

ゴードン大魔道具店一日目、その日の夜。

オリビアは、街の明かりを頼りに、既に閉店した店の側面にある非常階段を上っていた。手すりにつかまりながら、寮のある最上階である五階を目指して、ゆっくりと上る。そして、五階に到着すると、鞄から鍵を取り出して、手探りで開けた。

キイィィ。油の切れた蝶番《ちょうつがい》の軋《きし》む音が響き渡る。

外からのわずかな明かりを頼りに、廊下の壁に掛けてある魔石ランプのスイッチを入れると、オレンジ色の柔らかい光が暗い廊下を照らした。

（よかった。ついたわ）

彼女はホッと胸を撫で下ろすと、入ってきた扉の鍵をしっかりと閉め、魔石ランプを手に廊下を歩き出した。

壁に映った自分の影がゆらゆらと揺れる。

そして、廊下の反対側の端にある自室の鍵を開けて中に入ると、ふう。と息をついた。

（無事に着いたわ。夜はちょっと怖いわね）

荷物を机の上に置いて、部屋の隅にある大きめの魔石ランプを灯すと、彼女はベッドに倒れ込んだ。

（はあ。楽しかった）

ゴードンとローズが、オリビアのために歓迎会を開いてくれたのだ。

ゴードンお気に入りのレストランを貸し切って集まってくれたのは、今日本店に出社していた全員。

最初は緊張していたオリビアだが、みんなが親しげに話しかけてくれたお陰で、とても楽しい時間を過ごすことができた。

販売事務員の男性先輩と魔道具のマイナー知識比べをしたことを思い出し、オリビアはクスクスと笑った。

他の職員の知識比べをながめたり、最近見つけた変な魔道具の話を聞かせてもらったり、こんなに笑ったのは久し振りだ。

（ちょっと食べすぎて驚かれたけど、それも含めて楽しかったわ）

しばらくして、彼女は、えいやと起き上がった。「明日も早いから」と、シャワーを浴びて、寝る準備をする。

そして、パジャマの上にショールを羽織ると、部屋の窓を開けて下をのぞき込んだ。

（都会ってすごいわね。こんな時間なのに街が眠っていない）

窓の下では、街灯に照らされた石畳の上を、人々が楽しそうに歩いている。開いている店も多く、たくさんの店から柔らかい光が放たれている。

夜の春風を頰に感じつつ、その光をながめながら、彼女は今日一日あったことを思い出した。朝から晩まで初めてのことばかりで、とても忙しかったが、とても充実した一日だった。

「……多分、今日のことは一生忘れないでしょうね」

そう小声で言うと、彼女は窓とカーテンを閉めた。

魔石ランプを消して、ベッドにもぐり込む。

そして、うとうとしながら「明日も頑張ろう」と口の中でつぶやくと、深い眠りに落ちていった。

第四章　再会

「……ここはどこなのかしら」

雨上がりのやや曇った空の下、王都にある人の往来の激しい大きな通りにて。

ワインレッドのジャケット姿のオリビアが、地図を片手に呆然と立ちつくしていた。

「これって完全に迷子よね……」

◇

オリビアの王都生活の滑り出しは上々であった。

ハリソンは面倒見がよく、慣れない大きな魔石への付与に苦戦する彼女を熱心に指導してくれた。

他の先輩魔道具師も親切で、事あるごとに自分の専門について教えてくれた。

新しい知識や技術の波に飲まれそうになりつつも、夢中で学ぶ日々。

しかし、一方で、彼女は不眠に悩まされていた。

（原因は、どう考えてもアレよね……）

考えてはダメだと思っているのに、ふとした拍子にダレガスでの出来事を思い出してしまうのだ。

頭の中に浮かんできてしまうのが止められず、朝まで寝つけなかったこともある。

（だからかしらね、デザインが浮かばなくなってしまったのは）

以前は自然と浮かんできた魔石宝飾品のデザインも、ダレガスを出てからはまったく浮かんでこなくなってしまった。

思った以上に心が疲れているのかもしれない。

なんとかしなければと思いつつも、打開策が見つからず、ため息をつく毎日。

そんなオリビアに、初めての休日が訪れた。

ゴードン大魔道具店は、職員に一〇日に一度、二日間の休みを与える仕組みになっており、一〇日間働いた彼女は初の休みを迎えることになったのだ。

（どうやって過ごそうかしら）

不眠の件もあり、気分転換がしたいと考えるオリビア。

ローズに休日の過ごしかたを尋ねたところ、「よくカフェに行くわねえ」という答えが返ってきた。王都では、休日はカフェでのんびり昼食を食べるのが定番らしい。

それを聞いて、彼女は思い出した。そういえば、仲の良い従妹が、「わたし、王都でカフェに行ったのよ！」と自慢していたわ。と。

せっかく来たのだ、王都っぽいことをしてみたい。

「……よし。行くわよ。カフェ」

この決心をローズに伝えたところ、彼女は親切にお勧めのカフェを教えてくれた。パンケーキが絶品の人気店らしい。

（！　パンケーキ！）

オリビアは心の中で小躍りした。パンケーキは大好きだ。

——というわけで、休日の朝、混む前に店に入ろうと、昼よりだいぶ前に、地図を片手に雨が上がってすぐの街へ繰り出したのだが……。

「あれ？　道がない？」

「なんか違う気がするけど、方向的にはこっちだと思うわ」

と、なんとなく勘で進んだ結果、自分がどこにいるかわからなくなってしまった、という次第だ。

（と、とりあえず、自分がどこにいるかくらい把握しないと）

雑踏の中で、必死に地図をながめるものの、自分がどこにいるのかすらわからない。

誰かに聞こうと周囲を見回すが、みんな忙しそうで、呼び止めるのも申し訳ない気がする。

（どうしよう……）

彼女が途方に暮れて立ちつくしていた、そのとき。

「こんにちは」

突然、後ろから若い男性の声が聞こえてきた。

（え？　誰？）

肩をビクリと震わせて振り返ると、そこに立っていたのは、仕立ての良さそうな茶色いジャケットを羽織った長身で顔立ちが整った青年だった。ハンチング帽をかぶり、緑色の色眼鏡をかけている。

それが、オリビアを『マダム』呼ばわりした青年だと気づき、彼女は慌てて頭を下げた。

「こ、こんにちは。先日は店に連れていっていただいて、ありがとうございました。わたし、お礼を言えてなくて」

「こちらこそ先日は失礼しました。道案内はお詫びのつもりでしたので、気になさらないでください」

帽子に軽く片手を添えながら、青年が礼儀正しく答える。

「ところで、道の真ん中で何をされているのですか？」

「ええっと。その。ちょっと道に迷いまして……」

「見せてください」と、青年が身を屈《かが》めて地図をのぞき込むと、大きな手で地図を指差した。

「今ここですね。この赤い丸印の場所に行きたいんですか？」

「はい」

「そうですか」と青年がつぶやく。しばらく何かを考えたあと、ゆっくりと口を開いた。

「……では。ご案内しましょう」

「え！　でも、結構遠いですよね。申し訳ないです」

オリビアは驚き慌てた。ほとんど面識のない彼に二度も道案内してもらうのは申し訳ない。

青年が穏やかに尋ねた。

「失礼ですが、本日どこから出発されましたか？」

「ゴードン大魔道具店です」

「やはりそうですか」と、うなずくと、青年は地図を指差した。

「ここがゴードン大魔道具店で、ここが目的地。そして、これが現在地。つまり、ここは目的地と真逆です」

「真逆」

「ええ。王都は道が入り組んでいますからね。差し出がましいようですが、お連れしたほうがよろしいのではないでしょうか」

オリビアは、バツが悪そうに目を伏せた。

前々から気がついていたが、自分はどうやら方向感覚があまりよくないらしい。彼の言う通り、案内してもらったほうが、よさそうな気がする。

彼女はぺこりと頭を下げた。

「……では、お言葉に甘えて、よろしくお願いします」

「お任せください」

二人はやや距離を空けてならぶと、まだ少し濡《ぬ》れている石畳の上を歩き始めた。

オリビアの歩幅に合わせるようにゆっくりと歩きながら、青年が尋ねた。

「地図の丸印はお店ですか?」

「はい。『虎猫亭《とらねこてい》』というカフェだと聞きました」

「……もしかして、パンケーキの有名な店ですか?」

オリビアは目を丸くして、横を歩いている青年の端整な顔を見上げた。

「そうです！ よくご存じですね！」

「有名店ですからね。パンケーキがお好きなんですか?」

「はい！ もう大好きで、昨日の夜からずっと楽しみにしていたのです」

弾んだ声で答えるオリビアを、青年が面白そうにながめる。

「そういえば、ゴードン大魔道具店から出てきたとおっしゃっていましたが、働くことになったのですか?」

「はい。お陰様で」

「それは素晴らしいですね。あの店に雇われるというのは優秀な証拠です。専門をお聞きしてもよろしいですか?」

「魔石宝飾品です」

「なるほど」と、青年がうなずいた。

「そういえば、興味があるとおっしゃっていましたね。今王都はブライダル関係が台頭してきていますから、魔石宝飾品なら、そちらの方面にアプローチしてもいいかもしれません。恐らく今年来年最も伸びる分野でしょうから、今のうちに乗っておくのも悪くないかと」

見かけによらず情報通な様子に、オリビアは驚きを覚えた。親切だが軽い青年かと思っていたが、意外と仕事は真面目なタイプなのかもしれない。

晴れ間がのぞき始めた空の下、やや仕事寄りの会話をしながら歩く二人。

そして、お洒落な通りに入って歩くことしばし。青年が一軒の店を指差した。

「着きましたね。あれが『虎猫亭』です」

（！　お洒落！）

クリーム色の壁に白い木の扉と、赤い花の鉢植え。猫の看板がかかった店内からは、とてもよい香りが漂ってくる。

オリビアは目を輝かせて駆け寄った。想像以上に美味しそうな店だ。

しかし、ドアにつり下がっている札を見て、彼女はガックリと肩を落とした。

『満席　ただ今二時間待ち』

（はあ……。早目に出たのに、迷っているうちに混みあう時間になってしまったのね）

オリビアは、しょんぼりした。自分が道に迷ったせいとはいえ残念すぎる。

その様子をながめながら、青年が考えるように黙り込む。そして、「何かの縁ですかね」とつぶやくと、口を開いた。

「私もパンケーキが食べたくなりました。ご一緒してもよろしいですか？」

「え？　い、いいですけど、二時間待ちだってここに……」

混乱して目を白黒させるオリビアに、青年が微笑んだ。

「まあ、付いてきてください」

店の中に入った青年が、受付にいた女性に何か告げると、奥から中年の男性がニコニコしながら現れた。

「ご無沙汰しております。ディックス様。お父様はご健勝ですか？」

「ええ。元気にしております。例の部屋は空いていますか？」

「もちろんでございます。ささ。どうぞこちらへ。お連れ様もどうぞ」

ポカンとしながら男性に付いていくオリビア。目の前で何が起こっているかが理解できない。

案内されたのは、窓際に白いテーブルと椅子がならべられているクリーム色の壁のお洒落な個室だった。

青年は、彼女に座るように促すと、置いてあったメニュー表を開いて見せた。

Menu

「何にしますか?」

「え、ええっと……」

オリビアは、青年の整った顔に困惑の視線を向けた。

(ここって特別な部屋よね? この人何者?)

戸惑う彼女の様子を見て、青年が「ああ」とつぶやいた。

「ここはうちの商会が出資している店なのです。なので、特別室に入れてもらいました」

「そ、そうなんですか。……あの、失礼ですけど」

「そうですね。一緒に食事をするのに名前も知らないのは変ですね」

青年が優雅に胸に手を当てた。

「改めて名乗らせてください。ディックス商会の三男、エリオット・ディックスです」

「ゴ、ゴードン、大魔道具店、魔道具師、オリビア・カーターです」

なんとか自己紹介しながら、オリビアは納得した。

王都に来て半月ほどの彼女ですらディックス商会の名前を聞いたことがある。きっと大きな商会に違いない。

彼が商人なら、ブライダルや魔道具に詳しいのもうなずける。

そして、恐る恐る尋ねた。

「あの。もしかして、爵位持ち、ですか……?」

「父は準男爵になります。オリビアさんは？」

「あ。はい。わたしの父も準男爵です」

オリビアはホッと胸を撫で下ろした。偉い貴族様だったらどうしようかと思ったが、どうやら立場は同じらしい。

（でも、さすが都会ね。同じ準男爵の子どもでも、わたしより彼のほうがずっと貴族っぽいわ）

そのあと、この店の名物であるパンケーキセットを頼む二人。

まるで用意してあったかのように、すぐに運ばれてきた皿を見て、オリビアは目を輝かせた。

（おいしそう！）

ほどよく焼き色のついた二枚重ねのパンケーキに、たっぷりの生クリームとはちみつ。その横には、ナッツやベリー等の果物が彩りよく添えられている。

「いただきます」

ナイフで慎重にパンケーキを切り分け口に運び、口の中に広がる上品な甘さと香りに、ほう。と息を漏らす。

（ああ……。至福……）

まず生クリームが素晴らしい。絶妙な甘さの新鮮な生クリームがちょうどよい硬さに泡立てられており、口に入れるだけで幸せな気分になれる。紅茶とも合うし、添えてあるものと一緒に食べれば新たな味わいが楽しめる。ふんわりと焼かれたパンケーキと合わせて、生きててよかったと涙ぐみそうになる美味しさだ。

最初はエリオットに遠慮して控えめに食べていたオリビアだが、パンケーキが半分なくなるころには無我夢中。彼の存在を忘れてパンケーキに没頭し始めた。

そんなオリビアを見て、「よくお食べになりますね」「女性がこんなに食べるのを初めて見ました」とエリオットが楽しそうに微笑む。「お代わりを頼んではいかですか」「お茶を頼みましょうか」と、なんやかんや世話を焼いてくれる。

――そして、一時間後。

パンケーキ二皿とケーキ三つを平らげたオリビアが、満足げにフォークをお皿の上に置いた。

(はあ。美味しかった。幸せな時間だったわ)

「お疲れ様です」と微笑を浮かべたエリオットが、楽しそうにオリビアのカップにお茶を注いでくれる。

その姿を見て、オリビアは気がついた。わたし、この人の存在を半分忘れていたわと。

(一緒に食事に来た人を無視して無言で食べ続けるなんて、失礼すぎるわ)

申し訳ない気分になり、気まずく目をそらす。

　そんなオリビアの気持ちを察したのか、エリオットが口角を上げた。

「気にすることはありませんよ。私も十分楽しみました」

「……でも、パンケーキ一つしか食べてないじゃないですか」

「お言葉ですが、これが普通です」

　そのあと、二人は、

「今日はお礼も兼ねて、わたしが払うわ」

「いえ、こういう場合は男性である私が」

「店に案内して入れてもらった上に、わたしの五分の一しか食べていない人に払ってもらうとか、おかしいでしょう」

「まあ、確かに食べた量はそうですが、しかし」

「ここは絶対に払わせてもらいます！」

　とすったもんだしたあと。

　ここはオリビアが払う代わりに、エリオットが店で人気のチョコレートの詰め合わせをおみやげに買う、ということで話がまとまり、それぞれお金を払って店を出る。

　そして、

「ゴードン大魔道具店までお送りします」

「ありがとうございます、助かります」

という会話を交わしたあと、すっかり晴れた空の下、二人は並んでゴードン大魔道具店に向かってゆっくりと歩き始めた。

一緒に食事をしたせいか、来たときよりも話が弾む。

オリビアは、横を歩く青年の整った顔をチラリと見上げた。

(この人、イメージと全然違っていたわ)

ダレガス駅での女性との軽い会話と、モテそうな雰囲気や色付きのサングラスから、オリビアは彼のことを「親切だけど、女性好きな軽い人」だと思っていた。

しかし、実際一緒に過ごしてみると、そんなことは全くなく。

店で可愛らしいウエイトレスの女の子が、気のある態度をとってきても、普通に礼儀正しく接していただけだったし、道を歩いていて綺麗な女性とすれ違っても、全く気にする様子がない。

「女性好き」どころか、女性に関心がないようにすら見える。

しかも、話す内容は真面目そのもので、会話の所々で知識の深さが感じられ、「軽い」とは程遠い印象だ。

(人は見かけによらないって本当ね。よく知りもしないで「女性好きな軽い人」だなんて決めつけて、本当に申し訳なかったわ)

オリビアが心の中で反省していると、エリオットがふと尋ねてきた。

「そういえば、最近流行っている魔石を使った錠前を作るには、『適性が必要』と聞いたのですが、どんな適性なのでしょうか?」

ずいぶんと専門的なことを聞くわね。と思いながら、オリビアは答えた。

「『適性が必要』というのは正確ではないですね。『非常に難易度が高い』という言い方が正しいと思います。使用する魔法陣がかなり複雑なので、できる人があまりいないのです」

「なるほど。できる人はどのくらいいるのですか?」

「そうですね」とオリビアは考え込んだ。

「正確な割合まではわかりませんが、ゴードン大魔道具店の魔道具師は全員できます。でも、わたしのいたダレガスでは、できるのは二人だけでした」

エリオットが感心したように言った。

「あなたは、とても説明が上手ですね」

「そうですか?」

「ええ。とてもよくわかりました。感謝します」

そして、エリオットが指を差しながら「この道を真っすぐ行って曲がったら大通りに出ます」と教えてくれていた、そのとき。

オリビアは、ふと、やけに花模様が目に入ることに気がついた。主に若い女性の服や日傘に使われている。王都に来たばかりのときはここまで見なかった気がする。

「花柄が多い気がするわ」

彼女がそうつぶやくと、エリオットがそれを拾ってうなずいた。

「ええ。次の流行りだそうです。しばらく星が流行っていましたが、これからは花だそうです」

「そうなのですね」と言いながら、オリビアは思った。花をモチーフにした魔石宝飾品なんて可愛いんじゃないだろうか。

(花が、ぱあっと咲いたようなデザインにするの。真ん中を魔石にして、花びらを魔金属にしたら、華やかさも増すわ。そうだわ、茎の部分は……)

久々に浮かんできたデザインに、オリビアの気持ちは浮き立った。これは絶対にすてきなデザインになるわ。と確信する。

そんな表情がくるくると変わるオリビアを、エリオットが面白そうに見つめる。

そして、店の前に到着し、ありがたくチョコレートのかわいい包みを受け取りながら、

「私はここで失礼します。お話、とても面白かったです。また情報交換させてください。

今度はロールケーキの店に行きましょう」

「ロールケーキ！　ぜひ！　今日はありがとうございました」

という会話をかわして、エリオットと別れてしばらくして。オリビアは、ふと気がついた。

(そういえば、今日、叔父家族のこともヘンリー様のことも全然思い出さなかったわ)

部屋で一人にいるときや、街を歩いているとき。ふとした拍子に彼らの顔が浮かんできて、オリビアを苦しめた。

でも、今日はそんなことが一回もなかった。心なしか、心も体も軽い。

（美味しい物をお腹《なか》いっぱい食べて、楽しくおしゃべりしたから満たされたんだわ）

オリビアは、エリオットに感謝した。こうやって満ち足りた気分になれたのは、彼のお陰だ。

その夜。彼女は美味しいチョコレートをつまみながら、夜遅くまでデザインに没頭し、久々に心地よく眠りについた。

◇

――同じころ。

マホガニーの背の高い本棚がならぶ、広く重厚感のある執務室にて。

魔石ランプに照らされた青年エリオットが、書類仕事の合間に一人思い出し笑いをしていた。

（いやはや。今日は実に面白かった）

思い出すのは、パンケーキを頬張りながら輝く青い瞳。

（あんなに思い切りのよい食べ方をする女性は初めてだ）

一般的に女性は小食の方が良いとされており、物を食べる際には小さく切ったものを少しずつ口に運ぶ。貴族であれば、なおさらその傾向は強い。

しかし、彼女はまったくそんなことは気にしない。大きく切り分け、どんどん口に運んでいく。

あっという間になくなるパンケーキを見てお代わりを勧めると、なんとパンケーキだけではなくケーキまで複数ぺろりと平らげた。

その幸せそうな顔たるや、見ているこっちまで幸せな気分になるほどだ。

食事のあとも、こちらの詮索をするわけでもなく、顔色をうかがってくるわけでもなく。表情も行動も正直で、興味があるのはケーキと魔道具だけ。

女性と一緒にいてこれほど楽しく気楽だったことはない。

「今度はロールケーキの店に行きましょう」と言った瞬間の目の輝きを思い出し、彼は思わず笑い出しそうになった。

魔道具への造詣が深く、興味深い話をたくさん聞けた。好きなことに熱中する飾らない人柄も好ましかった。

女性におごられたのは初めてだったが、その真っすぐな性格にも好感が持てた。

気持ちのよい食べっぷりと合わせて、次会うのがとても楽しみだ。

「……ロールケーキの場所、メイドたちに聞いておかないとな」

そう小さくつぶやくと、彼は楽しそうに口角を上げながら、再び書類仕事に戻っていった。

第五章 魔道具デザイン賞

ゴードン大魔道具店で働き始めて五か月。

夏が過ぎ、街路樹が色づき始めた初秋のある日。

オリビアは、店の四階にある作業室のドアをノックしていた。

「ララコーニャさん、オリビアです。入ります」

開けたドアの先は雑然とした作業室。

部屋の中央にはベッドを三つならべたほどの大きさの水の張ったプールが置かれており、その周囲には人や動物の形をした石像が無秩序に置かれている。床の上には本や書類が積み上がっており、今にも崩れそうだ。

オリビアは苦笑した。

（相変わらず足の踏み場に困る部屋だわ。ハリソンさんの部屋と同じ間取りとは思えない）

作業室って性格が出るわね。と考えていると、石像の間から小柄で元気のよさそうな男性がひょっこりと顔を出した。

「おー！　オリビア！　来てくれたかー！」

彼の名前は、ララコーニャ。

水関係の魔道具を専門としている三〇代後半の先輩魔道具師だ。

彼は石像の間を縫うように歩いて出てくると、ニカッと笑った。

「いやー、マジで助かるぜ！　今日はどのくらい時間がある？」

「夕方にゴードンさんに呼ばれているので、三時間くらいです」

「わかった。じゃ、この前と同じ小型噴水用の魔石核を五つ頼む。魔石と素材は、いつものところにあるから、それで」

「はい。了解です」

オリビアは、床に転がっている物を避けながら棚のそばに移動した。

扉を開けて『噴水用』と書かれた大きな箱と魔法版を取り出す。

それらを近くに置いてある、やや片付いている作業机にのせると、中から拳《こぶし》ほどの大きさの空色の魔石と、掌《てのひら》くらいの大きさの深青色の鱗《うろこ》を取り出した。

（さて、やりますか）

これから行うのは、噴水の水を噴き上げる魔石核の作成だ。

貴族の間で庭に小さな噴水を置くのが流行っているらしく、注文が殺到しているらしい。

オリビアは、椅子に座ると、手早く魔法陣を描き始めた。魔法陣が描き終わると、魔力を軽く流して具合を確かめる。

そして、立ち上がると、魔石と鱗をその上にのせて魔力を込めた。

「〈浮遊〉」

オリビアの魔力が、魔法陣の上に置いてある魔石と鱗を包み込む。

「〈効果抽出〉」

「〈付与〉」

鱗から青い魔力が抽出され、オリビアの魔力を介して魔石に注入される。

しばらくして光が収まると、彼女は石を持ち上げて、色や魔力にムラがないか慎重に確認した。

（うん。大丈夫。かなりうまくいったわ）

そして、休みながら同じことを繰り返すこと四回。

濃い空色の魔石核が五つ出来上がると、オリビアは「ふう」と息をついて、部屋の隅で別の作業をしているララコーニャのほうを振り返った。

「ララコーニャさん、魔石核五つ、できました」

「おー！　できたか！」

ララコーニャが、ニコニコしながらガシガシと物を踏みつけてやってくる。

その様子に苦笑するオリビアから魔石核を受け取ると、再び物を踏みつけながら部屋の中央に置いてある大きなプールの脇に移動した。

「よし！　じゃ、さっそくテストしよう！」

「はい。お願いします」

ややや緊張するオリビアの目の前で、ララコーニャがプールの中に魔石核を置く。そして、

「いくぞ」とつぶやくと、魔石核に触れながら、ゆっくりと魔力を流し始めた。魔石から水が盛り上がるように湧き出し始める。

慎重に水の量や勢いを確かめ、ララコーニャは満足そうに口角を上げた。

「完璧だ！　今までで一番良くできてる。助かったぜ！　ありがとうな！」

先輩職人の褒め言葉に、オリビアは心の中でガッツポーズを決めた。

（やったわ！　一番厳しいララコーニャさんから、とうとう褒められたわ！）

ララコーニャが、物で埋めつくされた作業台の上から、小さな包みを取り上げて、オリビアに放った。

「ほら、これ」

ポンと渡されたのは、甘い香りのするピンク色の可愛らしい包み。

そこに書いてあるプラチナ菓子店というお気に入りの店の名前を見て、オリビアは目を輝かせた。

「いいんですか!?」

「ああ。いつも手伝ってくれるお礼だ」

ニカッと笑うララコーニャに、「この人って、フットワーク軽いしマメなのに、なんで部

屋がこんなに汚いのかしら」と思いながら、オリビアは笑顔で頭を下げた。

「ありがとうございます！　いただきます！」


――約四か月前。オリビアが働き始めて一か月が経《た》ったころ。

オリビアは、二階の廊下でゴードンに呼び止められた。

「仕事はどうだ。うまくやっているか？」

「はい。ハリソンさんにお世話になっています。魔石核の作成をしながら、スイッチ部分の調整に取り組んでいます」

ゴードンが、「なるほど」とうなずいた。

「ここで働き始めて一か月経ったわけだが、何か気づいたことはないか？　自分の得意なこと、苦手なこと、なんでもいい」

オリビアは思案した。

「……そうですね。やはり大型の魔石核を作るのが苦手だと思いました」

これは、この一か月で彼女が思い知ったことだ。カーター魔道具店で取り扱いがなかった大型の魔石核に関することに滅法弱いのだ。

「あと、魔石宝飾品とランプ以外のことを、ほとんど知らないことがわかりました」

ゴードンがうなずいた。

「まあ、今までやったことがなかったんだ。当たり前といえば当たり前だが、それだと魔道具師としての幅が狭くなる。折角うちみたいに手広くやっている店に来たんだ。これからは、順番に全員の助手について、それぞれの魔道具について学びながら、魔石核の作成を積極的に行ってくれ」

そこからオリビアは、順番に先輩職人五人の下に付いて、それぞれの専門について教えてもらいながら、朝から晩まで魔石核を作成した。

最初は慣れないがゆえに効率も悪く、やり直しなども含めて、夜遅くまでかかることもあったが、彼女は夢中で取り組んだ。

先輩たちの中には、オリビアの実力を懐疑的に見る者もいたが、彼女の才能と、それを上回る努力を見て脱帽し、積極的に教えてくれるようになった。

――そして、働き始めて五か月。

ようやく今日。先輩の中で一番厳しいララコーニャから、「完璧だ」と、褒めてもらえたという次第だ。

（……この五か月、本当に長かったわ）

感慨深げに四階の廊下を歩き、階段を下りて二階にあるゴードンの執務室に向かう。

ノックをして入ると、オレンジ色の夕日が差し込む窓を背に執務机に座っていたゴードンが、書類から顔を上げた。

「おう。来たな。最近どうだ？」

オリビアは、勧められた執務机正面の椅子に座りながら、口を開いた。

「はい。皆さんのお手伝いをさせてもらいながら、ハリソンさんの新商品開発の助手をさせてもらっています」

「ハリソンが、発想や視点がユニークで、一緒に仕事をしていて非常に面白い、って褒めていたぞ」

オリビアは目を伏せた。一番お世話になっている人に褒められたと知って、思わず顔がニヤける。

ゴードンは、そんな彼女を温かい目で見ると、改めるように椅子に座り直した。

「それで、だ。今日ここに呼んだのには理由がある」

「はい」

何か大切なことを言われる雰囲気に、オリビアが同じく座り直す。

ゴードンは、紙を一枚机の中から取り出すと、オリビアの目を真っすぐ見た。

「おまえさん、三か月後にある魔道具デザイン賞に、女性向けの魔石宝飾品を出品してみる気はないか？」

魔道具デザイン賞とは、魔道具師ギルドが年に一度開催するコンテストだ。

乗り物部門、家庭用品部門、店舗用品部門、装飾部門などの複数の部門に分かれており、優秀作品には、金賞、銀賞、審査員特別賞の三種類の賞が贈られる。

歴史が長いこともあり、賞の知名度はかなり高く、特に金賞をとった魔道具師には「金のバッチ」が贈られ、優秀な魔道具師の証《あかし》とされている。

ゴードンが椅子の背もたれに寄りかかりながら、腕を組んだ。

「おまえさんが前に『審査員特別賞』をとったのは知っている。あれはあれで良い賞だが、若手への期待的な意味合いが強い。今後のことを考えると、早いうちに金賞をとっておいたほうがいいだろうと思っている」

「金賞、ですか」

「ああ。まあ、金賞が出ない年もある。そう簡単にとれるもんじゃないから、何度も挑戦することにはなるだろうが」

なるほど。と、うなずくオリビア。

（……大変そうだけど、もしかすると、いい機会かもしれないわ）

先輩たちの手伝いをしているせいもあり、今の彼女は大型の魔道具にどっぷり浸かっていた。

たまに思いついたデザインをスケッチブックに描き込むものの、魔石宝飾品からすっかり遠ざかってしまっている。

久々に大好きな魔石宝飾品を思い切り作りたい。

加えて、彼女はもう一つデザイン賞に挑戦する動機があった。

(以前とった審査員特別賞が、カトリーヌに奪われたような形になってしまったのよね)

義家族とヘンリーから自分が作ったデザインを盗作扱いされたことを思い出し、唇を噛む。

事実はもちろん違う。間違いなく彼女が作った魔石宝飾品で賞をとった。でも、大切な物が汚《けが》されたような、そんな気持ちの悪さが、ずっと心の中に残っていたのだ。

(今回新たに賞をとれば、きっと、この気持ち悪さもなくなるわ)

どうせなら、金賞をとってスッキリしたい。

オリビアの表情を見て、ゴードンが「覚悟が決まったようだな」とニヤリと笑うと、先ほど机の上に出した紙を彼女に手渡した。

「これが女性向け魔石宝飾品部門の応募要項だ」

オリビアは緊張しながら紙を受け取った。

〈女性向け魔石宝飾品部門　募集要項〉
応募条件　：　女性向け魔石宝飾品として成立しているもの
評価基準　：　魔道具としての機能性、デザイン性

前回受賞作品
金賞　　　毒無効化機能付きブローチ
銀賞　　　該当なし
審査員特別賞　麻痺《まひ》無効化機能付きブローチ、眼精疲労防止ペンダント

前回の受賞作をながめながら、オリビアは意外に思った。なんていうか、普通だ。

「てっきり『火炎放射機能付きネックレス』みたいな奇抜なものがあるかと思いましたけど、意外と普通ですね」

ゴードンが苦笑した。

「まあ、魔道具は実際に使えないと意味がないからな。奇抜より実用ってことなんだろう」

そして、身を屈めると、執務机の下に置いてある金庫を開けて、中から新しそうな金色の鍵を取り出した。

「二階の作業室奥にある棚の鍵だ。材料は中のものを自由に使っていい。ケチるなよ」

「はい」

「それと、作品のコンセプトは先にきっちり決めておけよ。これがブレると先々厄介なことになるからな」

差し出された鍵を受け取ると、オリビアは感謝を込めて頭を下げた。

「ありがとうございます。がんばります」


その日の夜。

魔石ランプの柔らかい光に照らされた窓から星が見える自室にて。

白いパジャマの上に青色のショールを羽織ったオリビアが、クローゼットに頭を突っ込んでいた。

「……見つけた！　こんな奥に仕舞っていたのね」

奥から取り出したのは、白いハンカチに包んだ掌にのるほどの小さな木箱だ。

彼女はそれをテーブルの上に置いて座ると、ふう、と息を吐いて、そっと蓋を開けた。

（ごめんね。長い間、閉じ込めていて）

それは、小指の爪の半分ほどの大きさの金色のピアス。

片方が星の形で、片方が三日月の形。中央には赤い小さな魔石核が埋め込まれている。

オリビアが一二歳のときに、魔道具デザイン賞に出品して審査員特別賞を取った作品だ。

いつも鞄の中に入れて持ち歩いていたのだが、王都に来てからは、ダレガスでの出来事を思い出して辛くなるので、目に付かない場所に仕舞っておいたのだ。

彼女は、金色のピアスをそっと指でつついた。

（懐かしいわね……）

思い出すのは、このピアスを作るきっかけになった出来事。


――約七年前。

オリビアが一人で店番をしていたとき、顔見知りの老年の女性がやってきた。

幼いオリビアは、ふと彼女のイヤリング型の魔石宝飾品の右側に、大きな傷がついていることに気がついた。

『イヤリングの傷、どうしたの？』

『ほら。わたしのイヤリングは右の耳の方が悪いだろう。だから、間違えないように着けなきゃいけないんだけど、年を取ると目が弱くなってね。魔石が同じ色に見えちまうんだよ。だから触ってわかるように傷をつけたのさ』

あんたのお父さんに、こんなに綺麗に作ってもらったのに、傷なんてつけて済まないね。

と、右側の耳を隠すように手を添えながら、申し訳なさそうに言う女性。

その様子を見て、オリビアは思った。せっかく魔石宝飾品を着けているのだから、笑顔になってほしい、と。

（なんとかする方法はないかしら……）

そして、ひらめいた。

（左右別の形にすれば間違えなくなるわ！）


オリビアは、当時のことを思い出しながら、くすりと笑った。

幼いオリビアは、女性からイヤリングを借り受けて、右を星型に、左を三日月型に加工した。

イヤリングを受け取ったときの女性の喜ぶ顔は、今でもよく覚えている。

（あのときは本当に嬉しかったわ。あそこまで人を喜ばせたことなんてなかったものね）

そこからオリビアは、お針子だった母にデザイン画の書き方を教えてもらいながら、デザインの改良に取り組み始めた。

魔石宝飾品は、もともと貴族の間で発展し、それを近年豊かになった庶民が身に付けるようになった、という経緯があるため、そのデザインは貴族の流行に左右されやすい。

当時は、貴族の間で、

『魔石の大きさや品質を見せつけることで、財力を誇示すること』。

が流行っていたため、魔石宝飾品のデザインは、魔石を最大限目立たせるような、魔石に台座や鎖が付いているだけのシンプルなものがほとんどだった。

オリビアは、そういったデザインを見直し、蝶々の形のブローチや、星の形のイヤリングを作るなど、女性に人気のモチーフを積極的に採用。

そのデザインは、斬新で可愛らしいと評判になり、遠くからわざわざ買いに来てくれる客も現れた。

そんな彼らの期待に応えたいと、オリビアは更に研究を重ねる。

すべてはお客様を笑顔にするため。

『父のような人を笑顔にする魔道具師になりたい』と思い続けてきた彼女が、自分なりの方法を見つけた瞬間でもあった。


オリビアは目を伏せると、魔石ランプに照らされて金色に光るピアスをそっと撫でた。

「……作品コンセプトは、やっぱり『女性を笑顔にする魔石宝飾品』かしらね」

自分の原点でもあり、自分らしさでもある言葉。コンセプトとして据えるのに、とても自然だ。

ただ、一口に「女性」といっても、その範囲は広い。

彼女は悩んだ末、決めた。

(『働く女性』にしよう)

王都は忙しく働いている女性が多い。そういった女性に喜ばれるものを開発しよう。

「問題は、どうやって彼女たちを笑顔にするかだけど……」

そう考えながら、オリビアは小さく欠伸《あくび》をした。棚の上に置いてある時計を見ると、もう日をまたぐ時刻だ。

「……とりあえず。また明日考えようかしらね」

ショールを脱いで椅子の上に掛けると、魔石ランプを消し、カーテンの隙間から差し込む白い月光を頼りにベッドにもぐり込む。そして、

「これから楽しみだわ」

そう口の中でつぶやくと、彼女は深い眠りに落ちていった。


「このカフェで合っていますか」

「ええ。ここよ。ありがとう」

魔道具デザイン賞への出品を決めた翌々日にあたる、休日。秋の初めの、まぶしいほど

晴れ上がった午後。

薄手のえんじ色のコートを身にまとったオリビアが、若い女性が集まるお洒落スポットの中央にあるカフェの前に立っていた。

隣に立っているのは、茶色のハンチング帽とステンカラーコートを身に着け、色眼鏡をかけた長身の男性、エリオット。

彼は、近づいてきたウエイトレスに二本指を立ててみせた。

「オープンテラス席に二人でお願いします」

「こちらへどうぞ」

案内されたのは、にぎやかな通りに面したテラス中央の、白いパラソルが差しかけられている丸テーブル。

向かいあって座りながら、オリビアが感謝の目でエリオットを見た。

「ありがとうね。この店にしてくれて」

五か月前、道に迷ってパンケーキの店に連れていってもらって以来、エリオットとは、お茶を飲みながら仕事や魔道具に関する情報交換をする仲になっていた。

いつもなら事前に手紙で日取りと行く店を決めて、当日は待ち合わせしてそのまま店に向かうのだが、今日はオリビアが「前々回行ったカフェに行きたい」と言い出したため、予定を変更して、この店に来る運びとなった。

「せっかく店を提案してくれていたのに、急に変えたりして、ごめんなさいね」

そう済まなそうに謝るオリビアに、エリオットは穏やかに微笑んだ。

「気になさらないでください。今日は天気がいいですから、こういったオープンテラスのほうがよかったと思います。それに、きっと理由があるのでしょう？　魔道具に関する何かとか」

オリビアは目を見張った。

「すごいわ。エリオット。大当たりよ。よくわかったわね」

「ええ。お会いするのもこれで五回目ですから、大体あなたが何を考えているかわかってきました。――理由をお聞きしても？」

もちろんよ。と、うなずくオリビア。絶対に人に言わないでねと念を押すと、身を乗り出してささやいた。

「じつは、魔道具デザイン賞に出品することになったの」

同じく身を乗り出して耳を傾けていたエリオットが、もうそんな時期ですかと、つぶやいた。

「出品する部門はなんですか？」

「女性向け魔石宝飾品よ」

「……なるほど。それで、市場調査を兼ねて、このカフェに来たかったのですね」

「そうなの。ここって今女性に人気があるスポットだから、色々と参考になるものが見られそうな気がして」

オリビアは気がついたのだ。どうやって女性を笑顔にするか考えようにも、考えるための材料が足りないと。

（ここ五か月間、大型の魔道具に集中していたから、街に出てもそればかり見ていて、人に目がいかなくなっていたのよね）

そんなときに、ちょうどエリオットと出掛ける約束が入っていたため、それならばついでに魔石宝飾品や女性たちの観察がしたいと、「以前行ったお洒落スポットのど真ん中にあるカフェに行きたい」とお願いした、という次第だ。

「そういうことであれば、この店は最適ですね。若い女性も多いですし、通りもよく見える」

納得したような表情を浮かべながら、エリオットが二人の間にメニューを広げる。そして、

「私はシフォンケーキと珈琲《コーヒー》を」

「ええっと。フルーツタルトと、アップルシナモンロールと、チョコレートケーキ、それから紅茶をお願いします」

という、店員が思わず「もう一人来られるのですか？」と確認するような量をオーダーすると、オリビアは道行く女性たちに目を向けた。

白い石畳の上には、ひざ丈のワンピースをお洒落に着こなす若い女性があふれていた。

服の色もピンクや赤、花柄といった鮮やかなものが多く、澄んだ秋空の下、まるで艶《あで》やかまるで艶《あで》やかに花が咲いているように揺れている。

「花柄のワンピース、流行っているわね」

「そうですね。ディックス商会の婦人服部門の担当者の話では、この傾向は当分続くそうです」


そんな話をする二人の前に、甘い香りのするスイーツとお茶が運ばれてくる。

オリビアは、目の前に置かれた色鮮やかなフルーツタルトを見てため息をついた。

「なんて美味しそうなのかしら」

ドキドキしながら、タルトを大きく切り取って口に運び、彼女はうっとりした表情になった。みずみずしい果物と舌ざわりの良いカスタードクリームのハーモニーがたまらない。

「最高だわ。フルーツとカスタードクリーム、この組み合わせを考えた人は天才に違いないわ」

「あなたは本当に美味しそうに食べますね」

エリオットが、シフォンケーキに上品にフォークを入れながら、楽しそうに微笑む。

タルトを楽しみながら、オリビアは街の女性たちをそっと観察した。

(前々から思ってはいたけど、流行がかなり変わってきている感じね)

以前は、魔石に鎖が付いているだけなど、魔石を目立たせるシンプルなデザインが主流だった。

しかし、街行く人を見ていて目につくのは、シンプルとは真逆な、外側の金属部分が大きくて目立つ派手なもの。

店に来る客や道行く人々を見て流行が変わってきたとは思っていたが、こうやって人が集まる場所に来るとよくわかる。

（前よりもずっと華やかな印象ね）

フォークを片手に夢中で人々を観察する彼女に、エリオットが色眼鏡の奥で優しく目を細める。ウエイトレスに、オリビアと自分の飲み物のお代わりを頼むと、コートのポケットから本を取り出して微笑んだ。

「私は本を読みますから、どうぞゆっくりしてください」

「ありがとう」

彼の気遣いに感謝しつつ、もぐもぐしながら街をながめるオリビアと、その様子に口の端を緩めながら、本に目を落とすエリオット。

二人の間に、穏やかな空気が流れる。

――そして、三〇分後。

オリビアは、お茶を飲みながら、「ふうむ」と唸った。

「どうしました？」

足を組んで本を読んでいたエリオットが顔を上げる。

オリビアは難しい顔をして腕を組んだ。

「うーん……。うまく言えないけど、今流行っているデザインって、華やかで素敵だけど、ここにいる女性たちのライフスタイルに合っていない気がするの」

「ほう」と、エリオットが興味深そうに目を細めた。「どういう意味ですか？」

オリビアがそっと右横方向を指差した。

「あそこのテーブルに、女性が二人座っているのが見える？　ふわふわの白いワンピースと、青いセーターの」

「……ええ。見えます」

エリオットがチラリと目をやった。

「あの二人が胸元に着けている魔石宝飾品を見て、何か思わない？」

エリオットが、遠くを見るフリをしつつ、女性二人を凝視する。

「……あの菱《ひし》形のペンダントとブローチですか」

「そう。あの尖《とが》ってギザギザしているやつ」

「そうですね」と、エリオットが考えるように視線を落とした。「思ったのは、『貴族女性の間で流行している型の魔石宝飾品だな』ですね」

彼の言葉に、オリビアが、なるほど。という顔をした。

「あれは、貴族女性の間で流行っている形なのね」

「ええ。最近出てきた流行かと」

オリビアは感心した。さすがは商人、よく知っている。そして納得した。「道理で」と。

彼女は、エリオットに向かって声をひそめた。

「あの女性のセーターの胸のあたりに、引っかけ傷のようなものができているのが見える？」

「……見えます」

「あれ、ブローチが引っかかった跡だと思うのよね。あと、隣の女性。さっきから首を痛そうに回しているのよ。絶対にあのペンダントが重すぎるんだわ。それに、両方ともに言えるけど、どう考えても着替えるときに引っかかるわよね」

つまりね。と、彼女は更に声をひそめた。

「ライフスタイルとデザインが全然合っていないのよ」

まあ、当然と言えば当然よね。と、彼女はつぶやいた。

「だって、デザインの前提となっている貴族女性の生活は、庶民の生活と真逆ですもの」

貴族女性は、メイド数名に手伝ってもらわないと着られないような凝ったドレスを身にまとい、ほとんど動かない生活をしている。

対して庶民は、一人で手軽に着られるワンピースを着用し、動き回る生活をしている。なんでも人にやってもらう前提の貴族女性向けデザインが、自ら動き働く庶民の女性に合うはずがない。

今までは、シンプルなデザインが流行っていたので分からなかったが、今回の流行している大きなギザギザ型によって、生活の違いが浮き彫りになった形だ。

「なるほど。非常に面白い視点ですね」

エリオットが感心したようにつぶやく。

オリビアは首をかしげた。

「でも、どうしてここまで合わないデザインが、流行っているのかしら？」

魔石宝飾品は、肩こり防止や眼精疲労防止、食中毒防止の防毒作用など、毎日身に付けることで意味があるものも多い。

貴族の間で流行っているこのデザインは、確かに面白いし華やかだ。でも、庶民にとっては、生活の邪魔になるのではないだろうか。

エリオットが、ふむ。と、真面目な顔で考え込んだ。

「『貴族の間で流行っている』というのは売り文句になりますから、置けば間違いなく売れると考える店が多い。売っている店が多ければ、流行っているようにも見えますから、着ける女性も増える。ということではないでしょうか」

なるほど、なるほど。と、オリビアは小刻みにうなずいた。流行というのは、そうやって出来上がるものなのかもしれない。

そのあとも、熱心に分析を続ける二人。

「もしかしたら、使いにくいと思っていないのかもしれないわ」

「それは大いにありえますね。使いにくいけど、これが普通だと思っているものは、世の中意外と多いですからね」

など、色々な意見が出る。

そして、しばらくして。真面目な顔をしていたエリオットが、ふっと笑みをこぼした。

「……？　どうしたの？」

突然の笑顔に首をかしげるオリビアに、エリオットが口角を上げた。

「いえ。楽しいなと思いまして。こんな風に楽しいのは久し振りです」

「そうなの？」

「ええ。最近、油断するとすぐ『決闘だ！』と言い出す人たちとばかり話していたので」

ややげんなりしたような顔で言うエリオットを見て、「そんなお客さんがいるなんて、商人って大変なのね」と同情するオリビア。

エリオットは苦笑すると、話題を変えるように口を開いた。

「それで、これからどうするのですか？」

オリビアは目を伏せて考えながら、ゆっくりと口を開いた。

「そうね……。お陰様で方向性はなんとなく見えたから、ここからはコンセプトに合わせて、デザインを描いていく感じになると思うわ」

「コンセプトですか」と、エリオットが興味をひかれたような顔をする。「お聞きしてもいいですか？」

『『働く女性を笑顔にする魔石宝飾品』よ。わたし、人を笑顔にする魔道具を作りたくて魔道具師になったから、ピッタリだと思って」

オリビアの素直な言葉に、エリオットはまぶしい物を見るように目を細めた。

「いいコンセプトですね。実にあなたらしい」

ありがとう、と照れて頭をかきながらオリビアは思った。働く女性を笑顔にするには、身に着けやすさも重要だ。

（決めたわ。働いている女性のライフスタイルに合わせた、身に着けやすいデザインにしよう。服飾の流行である花柄を取り入れる感じにすれば、きっとお洒落になるわ）

楽しそうにあれこれ考えるオリビアに、エリオットが口の端を上げる。

そのあと、彼女は、最近の流行や魔道具のことについて、エリオットと楽しく会話を続けた。

もうそろそろ帰ろうと店を出たあとも、「散歩をしていきませんか」と誘われるまま、話

をしながら少し遠回りして店まで送ってもらう。そして、

「今日はありがとうね。すごく参考になったわ」

「いえいえ。こちらこそ面白い話をありがとうございます。また連絡してもいいですか？」

「ええ。もちろん」

という、いつも通りの会話をかわしたあと、夕方の街に消えるエリオットの後ろ姿を、手を振りながら見送った。


休み明けの夕方。

オリビアは、二階の作業室の奥にある、腰ほどの高さの棚の前に立っていた。手に持っているのはゴードンから借りた金色の鍵だ。

（そろそろ使える材料を確認しないとね）

デザインを決めるうえで、材料の影響は大きい。使える物が多ければ、選択肢も増える。

ちなみに、彼女は『指輪』を作ることに決めていた。

着け外しが楽で、どんな服装にでも合わせやすいところが、働く女性に合うと思ったからだ。

（さて、一体何が入っているのかしら……）

ドキドキしながら鍵を開けて扉を開くと、中は五段ほどの引き出し。

一番上の引き出しを開き、彼女は目を丸くした。

「え⁉」

中にならべられていたのは、驚くほどたくさんの種類と大きさの魔石。他の引き出しには、高価そうな素材や魔金属がならべられている。

彼女は思わず生唾を飲み込んだ。この棚の中だけで、カーター魔道具店五年分の売り上げを超える気がする。

（これだけ種類があれば、本当になんでも作れるわ！）

ドキドキしながら、引き出しから魔石や素材を取り出しては、一つ一つチェックする。


そして、窓から見える空が夕方から夜の色に変わるころ。

オリビアは、トレイにのせた親指の爪ほどの大きさの赤い魔石と、指輪の輪っかにあたる金属パーツを作業台の上に置いた。

（使うとしたら、このへんかしらね）

暗くなった作業室に魔石ランプを灯すと、トレイの上の魔石をジッと見る。

赤い魔石が、ランプの光を受けて濡れたように輝いている。

（初めての大きさだわ。どんな感じになるか、試してみましょう）

オリビアは、魔石を取り上げると、指輪のパーツにはめ込んだ。簡易ながらも赤い石の付いた指輪が出来上がる。

彼女はそれを右手の中指にはめると、立ち上がった。

（まずは、色々動いてみましょうか）

魔石ランプに照らされた作業室で、次々と日常動作を行っていく。「鞄を持つ」、「髪の毛を手櫛《てぐし》で直す」、「ジャケットの脱ぎ着をする」、「物を書く」など、自分が普段よくする動作や、一般的な女性がよくやるであろう動作を考えながら行う。

そして、最後に扉の開け閉めを何度かしてみて、彼女は腕を組んで考え込んだ。

（なるほど。この大きさの石が指輪に付いていると、かなり邪魔なのね）

鞄に手を入れようとすると引っかかるし、ジャケットを脱ぐときも引っかかる。髪の毛を直すときも引っかかるし、戸棚を開けるときにぶつかりそうになり、傷がつかないか冷や冷やする。

（あと、単純に重いし）

大きな石を支えるには、それなりにしっかりした台座が必要なのだが、それが意外と重いのだ。使い勝手も含めて、とても女性が笑顔になる魔石宝飾品と呼べない。

かといって、これより小さな魔石を使うとなると、付与できる効果がガクンと低くなってしまう。

オリビアは指に光る指輪をながめながら思案に暮れた。

（……さて、どうしようかしら）

その日から、彼女は夜遅くまで試行錯誤を重ねた。


魔道具デザイン賞の締め切りまで、あと一か月半に迫った、今にも雨の降りそうな秋の昼ごろ。

オリビアはドキドキしながら、ゴードンの執務室のドアの前に立っていた。

（どうなることかと思ったけど、ようやく形になったわ）

手に持っているのは、昨晩出来上がったばかりの魔石宝飾品、指輪。

（本当に長い道のりだったわ……）

試行錯誤の日々を思い出し、オリビアは遠い目をした。

大きな魔石を使うと、付与効果は優れているが、使いやすさとデザイン性が落ちる。かといって、小さな魔石を使えば、付与効果が落ちる。

使いやすさ、デザイン性、付与効果。この三つを並立させるのは本当に大変だったが、なんとかできたと思っている。これは、現時点で作れる最高の作品だ。

（はあ。緊張するわ）

執務室の前で、軽く深呼吸して息を整える。そして、「大丈夫。渾身《こんしん》の出来よ」と自分に言い聞かせながらドアをノックした。

「入っていいぞ」

ドアを開けて、やや薄暗い執務室に入っていくと、机の上で何か書き物をしていたゴードンが顔を上げた。

「お。来たか。そろそろ来るころだと思っていたぞ」

「はい。まだ付与は全部していませんが、外側は出来上がりました」

オリビアが、緊張しながら指輪が入った箱を執務机の上に置くと、ゴードンが嬉しそうに笑った。

「どんなものが出てくるか楽しみだな。当然普通の魔石宝飾品じゃないんだよな？」

「はい。そのつもりではいます」

オリビアが殊勝にうなずく。

ゴードンが、ニコニコしながら箱に手を掛ける。そして、蓋を開けて、「ほう」と声を上げた。

「これは予想外だったな。なるほど。こうきたか」

箱の中に入っていたのは、まるで花が咲いたように見える美しい指輪。中央部分には、ピンク色に輝く小さめの魔石が五つ花びらのようにならべられている。リング部分には蔦《つた》が巻きついているような非常に凝った細工が施されており、指にはめれば、透明感のあるピンク色の花が咲いたように見える。そんな印象だ。

「働く女性が日常使いのできるお洒落な魔石宝飾品を目指しました。流行の花モチーフを取り入れて、大きな石ではなく、小さい石を五つ使うことにより、付与効果を維持しつつ、着けやすさを高めています」

ゴードンが感心したように言った。

「すごいな。こういうタイプは見たことがない。魔石核はなんだ」

「ピンクダイヤモンドです。ダイヤモンド五つにそれぞれに『ライルの実』を付与して、効果を高める予定です」

『ライルの実』とは、毒無効化の効果を持つ素材で、これを身に着けていると、体内に入った毒を五〇パーセントの確率で無効化できる。この効果を五つ重ねているので、無効化率は、ほぼ一〇〇パーセントになる計算だ。

ゴードンがうなずいた。

「なるほど。見た目も目新しいし、デザインも斬新だ。コンテストには関係ないが、小さい魔石を使ったことにより、価格的にも安く上がる。非常にバランスがいい」

しきりに感心するゴードンを見て、オリビアは安堵した。これで大丈夫そうだと胸を撫で下ろす。

だから、次のゴードンの言葉に、心の底から驚愕した。

「ただ、残念だが、これで金賞をとるのは無理だろうな」

「……っ！」

時が止まったような、そんな感覚がオリビアを襲った。

まさかの言葉に、とっさに言葉が出ない。

「……どうしてですか？」

「そうだな。割とわかりやすい理由だと思うが、気がつかないか？」

「……」

そう言われて、オリビアは呆然と指輪をながめた。完璧だと思っていたせいもあり、予想がつかない。

まったくわからない。といった表情で戸惑う彼女を見て、ゴードンが「ふむ」と考え込む。そして、机上のカレンダーを見て、「まあ。仕方ないか」とつぶやくと、机の下にある金庫を開けた。

中から立派な革箱を取り出して、執務机の上に置く。

「これは、昨年度の女性向け魔石宝飾品部門の金賞『毒無効化機能付きブローチ』と同じものだ」

「……っ！」

オリビアは目を見張った。

「これを作った奴と知り合いでな。最近会う機会があって、参考になるかもしれないと思って借りてきた」

オリビアは革箱を凝視した。自分の渾身の作が金賞をとれないと言われたことも手伝って、どんな作品が金賞をとったか、すごく興味がある。

「あの、見せてもらってもいいですか？」

「もちろんだ。そのために借りてきた」

オリビアは、やや緊張しながら、そっと革箱を引き寄せた。留め金を外し、ゆっくりと蓋を開ける。そして。

「……え？」

中を見て、絶句した。

（これが、金賞……？）

革箱の中に入っていたのは、親指の爪ほどの大きさの真っ赤な魔石を使った細長い菱形のブローチ。周囲がギザギザの凝った飾りで覆われている。

（これって、街で女性たちが身に着けていた魔石宝飾品と同じ形よね？　たしか、貴族の

間で流行しているとかいう）

　驚愕するオリビアを見ながら、ゴードンが口を開いた。

「作ったのは、五〇代のベテラン魔道具師だ。機能はおまえさんの指輪と同じ毒無効化で、デザインは貴族の間で流行り始めていたデザインを取り入れたらしい」

　オリビアは混乱した。魔道具として出来が良いのは見てわかる。魔石核の艶を見れば、技術の高さもうかがえる。

（でも、なんでこれが金賞なの？　どう考えても使い勝手が悪いわよね？）

　ゴードンが、困惑する彼女の顔をジッと見る。そして、「まあ、仕方がないか」とつぶやくと、オリビアの指輪の箱を持ち上げた。

「本来であれば、なぜ金賞がとれないか、自分でじっくりと考えてもらうところだが、残念ながら、今回は時間がない。特別にヒントを出すことにする」

　そして、オリビアの目の前に二つの箱をならべると、咳払いした。

「では、例え話をしよう。――例えば、おまえさんがローズに毒対策の魔石宝飾品を贈るとする」

「え？　あ、はい」

　突然の例え話に、オリビアが目を白黒させながらうなずく。

「買おうと店に行ったら、この二つの商品が置いてあった。さあ、おまえさんなら、どっちをローズに贈る？」

オリビアは考え込んだ。

毒対策の魔石宝飾品は、常に身に着けている必要があるから、着けやすいことは必須だ。しかも、相手は働く女性ローズ。身に着けても動きやすいデザインが良いに決まっている。

（当然わたしが作ったほうよね）

そう思い、指輪のほうを指差そうとする。しかし、逡巡の末。

「はあ」

彼女は、大きなため息をつくと、のろのろと自分の作品のほうではなく、ブローチのほうを指差した。

「……こっち、です……」

ゴードンがうなずいた。

「それが答えだ」

オリビアは、ガックリと肩を落とした。

彼女が自分の作った指輪を選べなかった理由は、『魔道具としての効果』だ。

ブローチに使われている大きな魔石に付与されているのは、『青白魚《せいはくぎょ》の鱗』という完全毒無効化の効果を持つ素材で、毒を一〇〇パーセント防ぐことができる。

一方オリビアの指輪に使われている魔石は、「ライルの実」という毒を五〇パーセントの割合で無効化できる素材だ。効果を高めるために一つの魔道具で使える最大魔石数五つをはめ込んでいるものの、その無効化率は、九七パーセント。三パーセントの確率で毒が無効化できない。

ゴードンがオリビアの指輪をつまみあげた。

「たしかに、おまえさんの指輪はデザイン性にも優れているし、目新しい。店にならべればきっと売れる。だが、効果の面ではどうしても大きな魔石を使ったものには劣ってしまう」

「……そうですね。贈る人が、大切な人であればあるほど、ブローチを選ぶと思います」

オリビアが、小さい声でつぶやくように言う。

ゴードンによると、この作品は「素晴らしい技術と高い効果、デザイン性に優れた作品」と評されて金賞に選ばれた、とのことだった。

「効果と技術の高さに加えて、流行始めて間もないデザインをいち早く取り入れたってところが、審査員たちに高く評価されたって話だ」

オリビアはうつむいた。

（わたし、視野が狭くなりすぎていたわ）

魔石宝飾品なのだから、まず求められるのは効果だ。それなのに、使い心地やデザインばかりに目がいって、肝心の効果をおざなりにしてしまった。

（これは魔道具師失格だわ）

猛省する彼女に「まだ時間はあるから、もう少し考えてみるといい」と穏やかに声をかけると、ゴードンが興味深そうに顎をなでた。

「しかし、面白いな。おまえさんの作品は、他の男連中と逆だ」

「え？」

「他の奴らは、効果面はやりすぎってくらい完璧に作ってくるんだが、使い心地やデザインが壊滅的なんだ」

ゴードンが、これが男女の感性の違いってやつなのかもしれないな。とつぶやく。

父親が効果一辺倒だったことを思い出し、「そうかもしれませんね」と懐かしく目を細めると、オリビアはゴードンに感謝の目を向けた。

「ありがとうございます。ゴードンさん。問題点がよくわかりました。検討して、金賞に届くような作品を作りたいと思います」

ゴードンが、ニカッと笑った。

「おう。期待しているぞ」

作品の課題がわかり、改善を誓うオリビア。

しかし、物事はそううまくはいかなかった。

――約三週間後。

「オリビアちゃん、オリビアちゃん」

肩を揺さぶられて、彼女が顔を上げると、そこは朝日が差し込む二階の作業室だった。

次に目に映ったのは、ローズの心配そうな顔。

「……あれ？　ローズさん？　なぜここに？」

不思議そうなオリビアの顔を見て、ローズがホッとした顔をする。そして、腰に手を当てると、呆《あき》れたような表情を浮かべた。

「もう。あれ？　じゃないわよ。びっくりしちゃったわ。どうしたの？　部屋に戻らなかったの？」

そう言われて、シバシバする目で時計を見上げると、朝の七時。どうやら昨夜遅くまで作業をしていて、そのまま寝落ちしてしまったらしい。

ローズが心配そうな顔で正面に座った。

「顔色悪いわよ。ちゃんと食べている？」

「……はい。まあ、食べているような、いないような」

「なんてことなの。一か月半留守にしたら、まさか、こんなことになっていたなんて」

呆れたようにため息をつくと、ローズが立ち上がった。

「今日は休みだったわよね。ここは片付けておくから、今から部屋に戻って寝てきなさいな。お昼になったら呼びに行くから、ちゃんとしたご飯食べましょう」

「でも、作品が……」

このまま作業を続けたいと思っているオリビアに、ローズがにっこりと微笑んだ。

「オリビアちゃん。よく考えて。そのボーっとした頭で、良いアイディアが浮かぶと思う?」

「……」

「効率を考えたら、少しくらい寝ておいたほうがいいんじゃないのかしら?」

ローズの謎の迫力に押され、ハイ。と返事をするオリビア。「ありがとうございます。よろしくお願いします」と言うと、ヨロヨロと立ち上がった。

(う……。身体がバキバキだわ)

疲れた身体に鞭《むち》を打って、窓から入ってくる朝日に目を細めながら、なんとか五階まで上がる。そして自室に入ると、つんのめるようにベッドに倒れ込んだ。

(はあ。やっぱり三日に一回は寝ないと駄目ね。一時間寝たら一〇時間寝たことになる魔道具とかないかしら)


ゴードンの部屋で問題点に気がついてから、約三週間。

『着けやすさを維持したまま、付与効果を最大にする』を実現するために、彼女は寝る間も惜しんで作品の修正に没頭していた。

大きな石を使ったデザインを何通りも試したり、石自体を替えてみたり、学術書を読んで新しい付与方法を試したり。それはもう、ありとあらゆることを試した。

しかし、どんなに頑張っても解決の糸口さえ見つけられず。

デザイン賞の締め切りまで一か月を切った今、彼女は本気で追い詰められていた。

本音を言えば、今すぐ二階の作業室に戻って作業を続行したいが……。

(さすがにローズさんをあそこまで心配させるのはナシよね)

寝不足で頭がボーっとしていることは事実だ。今は大人しく彼女の言うことに従って寝よう。

なんとかベッドから身を起こして、ノロノロと服を脱いで下着姿になると、倒れ込むようにベッドにもぐり込む。

そして、コンコンコン。という軽いノックの音で目を覚ますと、時刻はもう昼前だった。

「オリビアちゃん、大丈夫?」

「……はい」

ベッドから起き上がって、目を擦りながら返事をする。深く寝ていたせいか、一瞬で昼になった気がする。

「あと三〇分したら、また呼びに来るから、お昼一緒に行きましょう」

「はい。ありがとうございます」とベッドから立ち上がって、ボキボキと音をさせながら、思い切り伸びをする。

ボーっとしながらシャワーを浴び、髪の毛をとかすなどして身繕いを済ませる。

――そして、三〇分後。

二人はゴードン大魔道具店を出て、よく行くカフェに向かって歩き始めた。

「すみません。ローズさん、気を遣っていただいて」

「いいのよ。でも、驚いたわ。久しぶりだからと思って早く来たら、作業室にオリビアちゃんが倒れているんだものねえ」

ローズが「冷や汗が出たわ」と苦笑する。

ちなみに、彼女は新しく設立する支店のサポートのため、ここ一か月半ほど隣町に駐在しており、昨日帰ってきたばかりらしい。

「いいところだったわ。王都から鉄道馬車で一時間くらいだし、王都ほど大きくはないけど、ほどよく都会で住みやすそうだし」

「そうなんですね」

「ええ。領主がフレランス公爵っていう四大公爵家の一つらしくて、街の中央に立派なお屋敷があったわ。紋章が獅子《しし》らしくて、あちこちに獅子の石像があって」

そうなんですね。と、ローズの話に相槌を打つオリビア。聞いてはいるが、頭の中は作品のことでいっぱいだ。

そして、お洒落なカフェの端の席に向かいあわせに座ると、ローズが心配そうな顔でオリビアを見た。

「こうやって改めて見ると痩せたわねえ。無理してるんじゃない？」

「ええ、まあ」

オリビアは、お茶を濁した。無理をしても成果が出ないいんじゃ意味ないけど。と、心の中でつぶやく。

暗い表情のオリビアを見て、ローズがため息をついた。

「まったく。ゴードンさんったら。いつもは気のいいお父さんみたいな感じなのに、魔道具が絡むと本当にスパルタになるわねえ」

「そうなんですか？」

「ええ。ちなみに、オリビアちゃん、過去二九回のコンテストで、女性向け魔石宝飾品部門で金賞が何回出ているか知ってる？」

オリビアは考え込んだ。金賞が出ない年も多いと聞く。となると、三年に一回くらい出る感じだろうか。

「一〇回くらいですか」

ローズが笑った。

「ふふ。そんなに多くないわよ。二回よ、二回」

オリビアが目を見開いた。

「え！　一五回に一回ってことですか？」

「そうなるわねえ。最も難易度が高い部門と言われているのよ」

「なんでそんな？」

ローズが声をひそめた。

「これは噂だけど、最終審査を貴族がしているからじゃないかって言われているわ。お貴族様はプライドが高いから、よほど気に入らないと、金賞を出さないんじゃないかって」

その言葉に、オリビアは深いため息をついた。

「……なるほど。それならば納得がいきます」

どういうこと？　と首をかしげるローズに、昨年度の金賞作品が、貴族の間で流行っているデザインを模倣した物だったことを話す。

ローズが、合点がいったような顔をした。

「なるほどねえ。それで、昨年久々に金賞が出たというわけなのね。……でも、そうなると、今年は似たものがたくさん出てくるってことじゃない？」

ローズのもっともな言葉に、オリビアは目を伏せた。

去年金賞をとったあの作品を見て、みんな思っただろう。機能を充実させて貴族向けのデザインにすれば金賞がとれる、と。そして、それは限りなく正解に近いように思えた。

（これは、ますます厳しくなってきたわ……）

彼女は頭を抱えた。頭の中にチラつくのは、『妥協』の二文字。

ここ三週間、薄々思ってはいたのだ。使い勝手や着けやすさに目を瞑って、貴族向けのデザインをアレンジしたものを出品すれば、金賞が取れる可能性が上がるのではないだろうか、と。

そして、今、ローズの話を聞く限り、貴族向けデザインを出すことが、金賞への近道であると思われた、と。

（……妥協、したほうがいいのかしら）

オリビアには、今年どうしても金賞をとりたい理由があった。

一つは、カトリーヌの件だ。この『作品を盗られた』という気持ちの悪い感覚を、金賞をとってスッキリさせたい。

もう一つは、みんなの期待だ。ゴードンはもちろん、ララコーニャやハリソンなどの他の先輩にも応援してもらっている。エリオットにも協力してもらった。みんなの期待を裏切りたくない。

（確実に金賞をとりたいなら、今すぐにでも貴族向けのデザインのアレンジに方向転換したほうがいいわよね。でも、それでいいのかしら……）

苦悩の表情を浮かべる彼女に、ローズが「大丈夫？」と心配そうに声を掛ける。

オリビアは顔を上げると、ローズに尋ねた。

「……もしも、ローズさんが出品するんだったら、どうします？　金賞をとるためにデザインを妥協して貴族向けにします？　それとも、自分のスタイルを貫きます？」

唐突な質問に、うーん。と、難しい顔をして考えるローズ。

しばらく黙ったあと、「そうねえ」と、ゆっくりと口を開いた。

「わたしだったら。楽なほうを選んじゃうかしらねえ。わたし、仕事は好きだけど、そこそこで終わらせて早く家に帰って好きなことをしたいタイプなの。だから、楽で良い方法があったら、そっちを選ぶと思うわ」

「だから、なんて言うか……」と、ローズが微笑んだ。「自分らしいほうを選択したらいいんじゃないかしら」

（自分らしい選択……）

オリビアは考え込んだ。

自分は人を笑顔にできる魔道具師を目指してきた。

人を笑顔にできない作品で金賞をとって、自分らしいと言えるだろうか。果たして誇れるだろうか。

（違う。誇れないわ）

こんなこだわり、もしかすると子どもじみていると笑われるかもしれない。

でも、ここは魔道具師オリビア・カーターとして絶対に曲げちゃいけないところだ。

（何年かかってもいい。わたしはわたしのままで金賞をとろう）

オリビアはスッキリした顔でローズを見た。

「ありがとうございます。なんか、決心がつきました」

「そう、よかったわ」

ローズがにっこりと笑う。

「じゃあ、ご飯食べましょうか。美味しい物をお腹いっぱい食べたら、きっといいアイディアも浮かぶわ」


ローズとの昼食が終わり、店に帰ってから、オリビアは店中の学術書を集めて回った。

考えてももう何も出てこないので、今度は本から知識を得てなんとかする方法はないか模索し始める。

しかし、難しい専門書を一〇冊読んでも、二〇冊読んでも、解決の糸口すら見えない。

寝不足でフラフラになりながら、もうダメかもしれない、そう思い始めた、締め切りの二週間前。

そのきっかけは、唐突にやってきた。

「はあ……。八方塞がりだわ」

コンテストの締め切りの二週間前。オリビアは、ハリソンの作業室でため息をつきながら、最後の技術書を閉じていた。

（店中の本を全部読んだけど、結局、収穫なしだったわ）

オリビアはうつむいた。これだけ読んで収穫ゼロとか、もう泣きそうだ。

そんな彼女に、心配の色を滲《にじ》ませたハリソンが「大丈夫ですか」と声を掛ける。

「大丈夫です」と言いながら顔を上げて。

「……っ！」

オリビアは、目を見開いた。その瞳に映り込んだのは、ハリソンの持っている赤い魔石。

「……ハリソンさん。それって紅火石ですよね」

「そうです」

それは毎日のように見ている紅火石。しかし、今日の彼女の目には、どういうわけか特別な石に見えた。

オリビアは思案した。紅火石の特徴は、魔力を通すと粘土のようになって、複数の魔石を大きな一つの魔石にできることだ。これをなんらかの形で応用できないだろうか。

「紅火石の考え方を、他の魔石に応用できないのでしょうか。例えば、小さな魔石五つを、大きな魔石一つに見立てるとか」

ハリソンが、腕を組んだ。

「王立魔道具研究所の研究員たちが、存在するすべての魔石を調べたそうですが、そういったことが可能なのは紅火石だけだったと聞いています」

まあそうよね。と、オリビアは苦笑いした。自分が考えつくくらいだ。誰かが調べているに決まっている。

（……でも、他に手がかりもない今、調べてみる価値はあるかもしれない）

研究所の優秀な魔道具師たちが調査したのだ。それ以上の何かを自分に発見できるとは思えない。でも、学術書をすべて読み終わった今、もうこれくらいしか残っていない。

「あの。その実験結果のレポート、お持ちですか？　お持ちなら見せていただきたいのですが」

ハリソンが目を細めてうなずいた。

「いいですよ。あとで出しておきます」

その日の夜。オリビアは、静まり返った二階の作業室に一人でいた。オレンジ色の魔石ランプの下で見ているのは、ハリソンに渡されたレポート。

（研究所の人たちは、本当に色々と実験したのね）

よく聞く一般的な魔石から聞いたことのないような魔石まで、彼らは紅火石と似た性質のものがないか一通り調べたらしい。

レポートの最後には、こう結論づけられていた。

『紅火石は、すべての石の個性が類似しているという、稀有《けう》な魔石である』

魔石は人間と同じで、一つ一つが違う個性を持っている。

個性によって魔力調整を変える必要があり、それが魔道具師の腕の見せどころでもある。

レポートによると、紅火石以外は、魔石一つ一つの個性が違いすぎるため、何をしても一つにはならないらしい。

なるほど。と納得しながら、オリビアは、自身の目の前に置いてあった小さなダイヤモンドを三つつまみ上げた。

（同じダイヤモンドに見えるけど、魔力の流れ方も通り方も全然違うものね。どうやったって、これが一つになんてならないわよね）

はあ、これも徒労に終わったわ。と机に突っ伏す。

そして、レポートを片付けようと、のろのろと立ち上がった、そのとき。

彼女は、ふと気がついた。

一つだけ、その個性を揃える方法があるんじゃないか。と。

(すごくバカバカしい方法ではあるけど、このレポートの結論を踏まえれば、理論上は可能よね……)

逡巡の末、オリビアは顔を上げた。

魔石ランプを手に、暗い作業室を横切って、部屋の隅にある棚の前に立つ。

鍵を開けると、中からひときわ美しい魔石を一つつまみ上げた。

燦然《さんぜん》と輝くそれは、最高純度のスターダイヤモンド。大きさは親指の爪ほどで、その価格は、卸値でオリビアの一〇年分の給料と同じくらい。

彼女は思わずゴクリと唾を飲み込んだ。

魔石を持つ手が、ぶるぶると震える。

恐れ多すぎて手が出せなかった最高級の魔石だが、今はこれを使う必要がある。

煌めく魔石を月明かりに透かしてながめながら、彼女は覚悟を決めてつぶやいた。

「……すみません。ゴードンさん。失敗したら働いて弁償します」

魔道具デザイン賞の締め切り、三日前。

疲れた顔をしたオリビアが、ゴードンの執務室の前で深呼吸をしていた。手に握っているのは、指輪の入った白い箱。

（……さて、なんて言われるかしら）

前回指摘された課題は、方法はちょっとアレだが、クリアできている。

問題は、アレをなんと言われるかだが……。

考えがネガティブになりそうになり、オリビアは慌てて首をブンブンと横に振った。

（下手の考え休むに似たり。って言うじゃない。ここは思い切って行くしかないわ！）

コンテストの締め切りまであと三日。もう見せるしかない。

思い切ってドアをノックすると、中からゴードンの「入っていいぞ」という声が聞こえてくる。

彼女が意を決して中に入ると、そこには三人の人物がいた。

ゴードン、ハリソン、そしてララコーニャ。

何かの打合せをしていたらしく、執務机の上に書類が散らばっている。

（しまったわ！　緊張しすぎて、中に人がいることに気がつかなかった！）

「失礼しました！　出直します！」

オリビアが、慌ててドアを閉めようとすると、ゴードンが「待て」と、呼び止めた。

「その手の箱、もしかして、コンテストの作品か？」

「……はい」

「先に見よう。そっちのほうが急ぎだ。いいな？」

ゴードンの問うような視線に、ハリソンが同意するようにうなずく。

ララコーニャが興味深そうにオリビアの手の箱をながめた。

「お！　噂のデザイン賞のか！　おれにも見せてくれ！」

え。と固まるオリビアをよそに、「私も見せてほしいですね」とハリソンがうなずく。

ゴードンがオリビアを見上げた。

「知恵を出せる人間は多いほうがいい。オリビア、二人にも見せていいか？」

「……はい。どうぞ」

なんか大事《おおごと》になってきた気がするわ。と思いながら、オリビアがノロノロと持ってきた箱を執務机の上に置く。

ゴードンが蓋を開けると、三人は、一様に「ほう」とため息をついた。

中で輝いていたのは、ピンクの金属を花びらのようにあしらった優美な指輪。花の真ん中や葉を模したリングの部分に、小さな魔石が一〇個ほど光っている。

ゴードンが感嘆の声を上げた。

「ほう。こりゃまた洗練されたデザインだな」

「女性に受けそうですね」

感心したようにつぶやくハリソンの横で、ララコーニャが難しい顔をした。

「たしかに美しいとは思う。でもよ、この魔石の大きさじゃ、効果的にはアウトだろ。いっても精々銀賞、金賞は無理なんじゃないか?」

そうだな、その点は変わっていないな。と、ゴードンが顔を曇らせる。

オリビアはニヤリと笑った。

「ゴードンさん、ちょっとその指輪に魔力を流してみてもらえませんか」

ゴードンが言われるがまま、首をかしげながら魔力を流す。

次の瞬間、彼は驚いたように目を見開いた。

「これ、『青白魚の鱗』が付与されているじゃねえか！　てことは、完全毒無効化か!」

「は!?」と、ララコーニャが、ゴードンから指輪を奪った。「まさか！　この魔石の大きさで青白魚の付与は無理だろ！」

そして、魔力を流して「……マジだ」と呆《ほう》けた顔をする。

オリビアは胸を張った。

「ついている魔石一〇個を一つの魔石に見立てて付与しました！」

三人が、驚きのあまり口をパクパクさせる。

ララコーニャが叫んだ。

「マジかー！　世紀の大発見じゃねえか！」

「まさか！　でも、これは間違いなく『青白魚の鱗』ですね……」

「オリビア！　これはすごいことだぞ！　どうやったんだ⁉　方法は⁉」

三人に詰め寄られ、オリビアは目をそらした。

「……大粒のスターダイヤモンドを砕きました」

「……は？」

意味がわからない。といった表情で男性三人が固まる。

オリビアは息を大きく吐くと、バツが悪そうに目を伏せた。

「……棚の中にあった大粒のスターダイヤモンドを、魔石加工職人に砕いてもらって、性質が同じ魔石を一〇個揃えました」

オリビアは思ったのだ。違う性質の魔石だから一緒にできないのならば、一切濁りのない最高級の大きな魔石を砕いて、同じ性質の小さな魔石を複数作ればいいのではないか、と。

（もしかして、いけるかもしれない）

しかし、ここからが大変だった。

魔石を砕いてもらおうと、いつもお世話になっている魔石加工職人のところに持ち込んだところ、

「魔石を砕くだと⁉　あんた何を考えているんだ！」

「こんないい魔石砕くなんて正気の沙汰じゃないですよ！」

と大反対され、一時間にわたる説得の末に、ようやく「……まあ、そこまで言うなら」と、一〇個に砕いてもらった。

もちろんそれだけではだめで、そこからもかなりの試行錯誤が必要だった。

毎晩夜遅くまで取り組み、何度となくそのまま朝を迎えた。

そして、魔法陣の中に複数の魔石を一つに見なす新たな仕組みを組み入れたことにより、ようやく完成した。という次第だ。

魔石宝飾品作りで培った小さな魔石への付与技術と、この約七か月間に散々行ってきたクセの強い大きな石への付与、魔法陣制御技術が大いに役に立った様相だ。

どれが欠けてもきっとできなかっただろう。

ララコーニャが大笑いし始めた。

「スターダイヤモンドを砕くとか、おまえ面白すぎるだろ！　普通考えないって！」

「よくもまあ、あんな高額な魔石を砕いて、小魔石に変えようなんて思いついたものですね」

ハリソンが呆気にとられたような顔で苦笑する横で、ゴードンが豪快に笑った。

「いやいや。久々に笑ったな。世の中にそんなことをする奴がいるとは思わなかった」

オリビアは恥ずかしくなってきた。

そこまで笑うことないのにと恨みがましい目で三人を見る。

しかし、しばらくして。ララコーニャが、ふと真顔になってつぶやいた。

「……でもよ。これって、じつはすごくねえか？」

「……そうですね。これを応用したら空を飛べるようになるのでは？」

「可能性はあるな。大きな魔石の重量が一部にかかるのがネックだったが、この技術が使えれば、魔力量をそのままに重さが分散できるってことだからな」

「検証は必要ですが、実用化できれば、いけるかもしれませんね」

「だな！」

大興奮で話し始める三人の横で、指輪を見つめるオリビア。とりあえずこれで大丈夫そうだと胸をなでおろす。

このあと、四人は相談し、「これは画期的な技術として認められる可能性が非常に高い」ということで、早々に特許を申請することになった。


そして、その翌日。

オリビアは、ゴードンから、

「叔父とやらに見つかるのも面倒だろう」

とアドバイスを受け、ダレガスの叔父たちに見つからないよう、「オリビア・リーズリー」という母方の姓を名乗ってデザイン賞に出品することになった。


オリビアが王都に来て九か月。

年明けの青空がまぶしい、冷たく澄んだ冬の午後。

「今日は少し暖かいかしら」

「そうですね。日差しがありますから、いくらかは」

厚手のコートを着てマフラーを巻いたオリビアが、同じくコートを着込んだエリオットと共に、王都の下町を歩いていた。

街は、新年初日の店が多いせいか、活気に満ちあふれている。

威勢のいい呼び込みの声を聞きながら、オリビアは感謝の目でエリオットを見上げた。

「ありがとうね。誘ってくれて。一人だから行くのをやめようかと思っていたの」

「それはよかったです。私も楽しみです」

オリビアたちが向かっているのは、下町にある大きな教会だ。

この国の風習である、新年の願掛けをするためである。

通常は家族と行くため、ここ一年ほど行くのを諦めていたのだが、今年はエリオットが誘ってくれたので久々に行けることになった。

歩きながらオリビアが尋ねた。

「エリオットはご家族とは行かなかったの？」

「ええ。家族はみんな忙しくて。……実を言うと、こうやって新年に教会に行くのも初めてなのです」

「え！　初めて！」と、オリビアが驚いて目を見開いた。「エリオットって今何歳なの？」

「二五歳です」

「二五！　わたしと五つしか変わらないの？　もっと上かと思っていた！」

本気で驚くオリビアを見て、エリオットが口の端を上げた。

「……今のは、大人な男に見える。という風に受け取っておきましょう」

冗談を言いあいながら楽しく歩く二人。

しばらく歩くと、目の前に、特徴的なオレンジ色のとんがり屋根が現れる。

オリビアは軽く目を見張った。

「まあ、ずいぶんと大きな教会ね」

「ええ。中央教会の次に大きいそうです」

エリオット曰く、王都のど真ん中にある中央教会は、新年は貴族の貸し切り状態になるため、二番目に大きいこちらの教会を選んだらしい。

建物の前の広場には屋台がならび、たくさんの人でにぎわっている。

新年恒例のにぎわいに、オリビアは目を細めた。懐かしい気持ちでいっぱいになる。

二人は、にぎわう広場を通り抜けると、背の高い入り口から建物内に入った。

入り口でお布施をすると、用意してある装飾が施された大壺《おおつぼ》から柄杓《ひしゃく》で水をくんで、手を洗う。

そして、ステンドグラスが張り巡らされた天井の高い荘厳な雰囲気の講堂に入ると、そこにできている二〇人ほどの人の列にならんだ。

オリビアが小さくつぶやいた。

「よかったわ。すいている」

「十分混んでいるように見えますが、そうでもないのですか？」

「ええ。新年は建物に入れないくらい人がならぶのよ」

そうですか。と、エリオットが興味深そうに前方をながめる。

いつもと立場が逆ね。と内心おかしく思いながら、オリビアが小さな声でささやいた。

「前のほうの空いているスペースに石が四つならんでいるでしょう？　あの石の一つに触って今年の願い事をするの。赤い石が『恋愛と結婚』、青い石が『学業』、黄色の石が『果報とお金』、黒い石が『仕事』よ」

「なるほど。あれが有名な。やはり女性には赤い石が人気なのですね」

二人の順番になると、エリオットが黒い石、オリビアが黄色い石を選んで触る。小さく願い事をつぶやくと、二人はほぼ同時に石から離れて、立っていた神職者らしき男性の誘導に従って講堂を出た。

外につながる細い廊下を歩きながら、オリビアが尋ねた。

「エリオットは仕事の石だったわね。何をお願いしたの？」

「ずっと解決しない問題があって、それが解決してくれるように祈りました。オリビアは果報とお金の石でしたね」

「ええ。もうすぐ魔道具デザイン賞の結果発表なのよ。まあ、もう結果は決まっているかもしれないから気休めだけど」

エリオットが意外そうな顔をした。

「話が出ないので、もしかしてと思っていましたが、まだ結果が出ていないのですか？」

「ええ。二週間くらい前に、最終選考に残っているとは聞いたのだけど、以降はさっぱり。今年は参加作品が多くて選考に時間がかかっているらしいわ」

エリオットが、「そうですか」と、つぶやくと、微笑んだ。

「まあ、あなたの場合は、技術特許のほうが注目されそうですけどね。王宮魔道具研究所が色めき立っているという噂を聞きましたよ。もしかすると呼ばれるのではないですか」

オリビアは苦笑いした。

「ゴードンさんにも言われたわ。呼ばれるのは、すごく名誉なことだって。でも、お断りすることになると思うわ」

「そうなのですか？」

意外そうな顔をするエリオットに、オリビアはにっこりと笑った。

「お客様を笑顔にしてこその魔道具師だもの。わたしはそっちでがんばるわ」

そのあと、二人は、教会の敷地内の屋台を物色することにした。

物珍しそうに周囲を見回していたエリオットが、屋台の一つを指差した。

「あそこで焼いている赤い串肉、見たことがありません」

「あれは、新年の教会名物、チリ焼きよ。ものすごく辛いけど温まるの。エリオット、辛い物は？」

「割と好きです。オリビアはどうですか？」

「大好きよ」

エリオットが「では、買ってみましょう」と屋台に足を向ける。

「じゃあ、わたしは飲み物を買ってくるわね」

オリビアも、飲み物の売っている屋台に向かう。

二人は買ったチリ焼きとお茶を持って合流すると、空いているベンチにならんで座り、食べ始めた。

「……これは想像以上に辛いですね」

「ええ。飲み物がないと辛いわよね」

チリ焼きをチビチビ食べながら、にぎわう屋台や楽しげな人々をながめる二人。

他にもおいしい物はないかと、屋台を物色して、新年ならではの食べ物を味わう。

そのあとも、エリオットのダーツの腕前に驚いたり、オリビアの神業的なボール掬《すく》いにエリオットが大笑いしたり、新年らしさを存分に楽しむ。

――そして、空に夕方の気配が漂い始めるころ。二人は、教会を出て辻馬車でゴードン大魔道具店に到着した。

エリオットが身軽に先に降りると、オリビアの降りる手助けをする。そして、彼女が地面に降り立つと、微笑みながら改めて手を差し出した。

「今日は楽しかったです。ありがとうございました。今年もよろしくお願いします」

その意外と大きくてゴツゴツした手をそっと握り返しながら、オリビアも微笑んだ。

「わたしこそ、ありがとう。今年もよろしくお願いします」

その後、エリオットは辻馬車に乗って街へ。

オリビアは扉を開けて店の中へと入っていった。

◇

オリビアが、エリオットと教会に行った数日後。

魔道具師ギルドの建物内にある、ふかふかの赤絨毯が敷き詰められた大きな会議室で、女性向け魔石宝飾品の最終選考が行われていた。

「七番目の作品は、バーミング魔道具店のライリア魔道具師の作品、疲労軽減のブローチです」

マホガニーの大テーブルを囲んで座っているのは、六人の男女。

魔道具師ギルドのギルド長と副ギルド長。そして、一目見て貴族とわかるドレスを身にまとった女性が二人と、同じく貴族と見受けられる立派な服を着た男性二人。

係員の女性が、六人の前に箱を一つ置いた。

「こちらが七番目の作品になります」

手袋をはめた手で箱の中から取り出されたのは、菱形のギザギザした飾りのついた大型のブローチ。

ビロードの布の上に置かれたそれを見て、貴族女性の一人が微笑んだ。

「先ほどのペンダントも良かったですが、こちらも素敵ですわね」

「ええ。本当に。今年は魅力的なデザインが多いですね」

副ギルド長が嬉しそうな顔をした。

「昨年、最近の流行を取り入れた作品が金賞をとりまして、それを見習っていると思われます」

男性貴族の一人が満足げにうなずいた。

「流行を取り入れる視点は大切ですからな。今年は非常にレベルが上がったと感じますな」

「そうですわね。……ただ、どの作品も素晴らしくはあるのですが、デザインが非常に似てしまっているので、少々オリジナリティが不足している感はありますわね」

「確かに。昨年のように突出したものがないので、この中から金賞を選ぶのは難しいかもしれませんな」

この意見に同意するようにうなずく貴族たち。今年は金賞が出ないのではないか、とつぶやきあう。

そして、次の作品を持ってくるべく、係員が踵を返した、そのとき。

ノックの音と共に会議室のドアが開き、ギルド職員に案内されて、紺色の上等そうなスーツを着た長身の青年が入ってきた。紫色の瞳に整った顔立ち、プラチナブロンドの美しい髪の毛は綺麗に撫でつけられている。

貴族たちが慌てて立ち上がった。

「これは、これは。貴方様《あなた》とここでお会いできるとは思いませんでした」

青年は、礼儀正しく微笑んだ。

「どうぞお座りください。たまたまこちらに伺ったところ、審査をしていると聞きまして、少し興味がありましたので、軽く見学させていただければと思って来ました。少し拝見させていただいたら戻りますので、どうぞ、私のことは気にせず、続けてください」

ドアにほど近い壁に寄りかかりながら、気にするなとジェスチャーをする青年を見て、貴族たちがわかりましたとうなずく。席に座り、話しあいを再開させる。

そして、先ほどと似たようなやり取りを二回ほど続けたあと。

「最後の作品は、ゴードン大魔道具店のオリビア・リーズリー魔道具師の作品、毒無効化の指輪です」

そう運ばれてきた指輪を見て、六人は「ほう」とため息を洩らした。

「まあ、なんて愛らしいのかしら！　まるで花の妖精が着ける装飾品のようだわ！」

「花モチーフという違う系統の流行を取り入れたのね。すごく良いわ、オリジナリティがある」

花を模した美しい指輪を絶賛する女性貴族二人とは対照的に、男性貴族が難しい顔をした。

「たしかに今までの中で一番美しいし、個性的だ。デザインも突出している。しかし、この石の大きさだ。効果がほとんど出ないんじゃないのか？」

「そうだな。魔石の大きさで効果が決まるのだろう？」

ギルド長が、コホンと咳払いした。

「こちらは、オリビア魔道具師が考案した新技術が使われておりまして、他の作品と同じく完全毒無効化を実現しております」

「え！　そんなことができるか？」

「ええ。確認しております」

貴族たちが、やっとこれぞという作品が出てきましたな！　と、興奮したように話し始める。

その様子を、腕を組んでながめながら口元を緩める、紫の瞳の青年。

ギルド長が、声を張り上げた。

「では、オリビア魔道具師の作品を金賞に、ということで問題ありませんな？」

「ええ。これこそ金賞ですわ」

「ああ。わたしもそう思う。素晴らしい」

「早く商品化していただきたいわ。絶対に買いに行くわ！」

そんな声を聞きながら、青年はそっと会議室の外に出た。

絨毯の敷かれた廊下を歩きながら、軽く口角を上げる。

そして、「おめでとう」とつぶやくと、満足げな表情で出口に向かって歩いていった。


年が明けて、しばらくして。寒さが和らぎつつある、ある日の夕方。

オリビアはハリソンの作業室で、新魔道具の開発を手伝っていた。

「ハリソンさん、ここに命令文を入れてみたらどうでしょうか」

「それなら、こっちに別式を付与したほうがいいかもしれません」

「なるほど、では、こちらに付け加えて……」

二人がいつも通り、机の上に置いた紙に描いた魔法陣を見ながら、ああだこうだと話しあっていると、突然ドアがノックもなしに乱暴に開かれた。

オリビアとハリソンが肩をビクッとさせて、音の方向を向くと、そこには肩で息を切ったゴードンが立っていた。手には白い紙を握り締めている。

「え？　ゴードンさん!?」

恩人の見たこともない姿に、オリビアが目を白黒させていると、ゴードンが、ニカッと笑って、紙を差し出した。

「オリビア、金賞だ！」

「え⁉」

「今、ギルドから連絡がきた！　金賞が決まった！」

「よかったな」と涙ぐむゴードンから差し出された紙を、目を見開きながら受け取るオリビア。震える手で広げた。

『ゴードン大魔道具店　所属　オリビア・リーズリー魔道具師
貴殿の作品である『毒無効化機能付き指輪』を、金賞とする。
魔道具師ギルド代表　バラン・ヒーズ』

二枚目には、オリビアのデザインの斬新さとオリジナリティ、高い効果、新技術の開発とその使用などを評価し、金賞を与えると書いてあった。

「やったな！　オリビア！」

「素晴らしい！　努力が報われましたね！」

ゴードンに背中をバンバン叩かれながら、オリビアは呆然と手紙をながめた。頭の中を、辛かったことや、楽しかったこと、色々な思いが駆け巡る。

思わず目頭を押さえる彼女を、ハリソンが温かい目で見る。

ゴードンが、ニカッと笑った。

「よーし！　今日は祝いだ！　みんなを集めてパーッと騒ぐぞ！」


──その日の夜。

「さすがに寒いわね……」

オリビアは街の明かりを頼りに、既に閉店した店の側面にある非常階段を、寮のある最上階の五階を目指して上っていった。

（はあ。楽しかった）

ゴードンが、オリビアのために祝賀会を開いてくれたのだ。

集まってくれたのは、先輩職人たち全員。みんな我が事のように喜んでくれ、彼女はとても楽しい時間を過ごすことができた。

（いい先輩たちを持って、わたしは幸せ者だわ）

最上階である五階に到着し、オリビアは鞄から鍵を取り出して手探りで開けた。

中に入り、壁に掛けてある魔石ランプのスイッチを入れると、暗い廊下を歩いて自室に向かう。

そして、自室の前に到着し。

（あら？）

彼女は、部屋のドアノブに大きな袋が掛かっていることに気がついた。

中に入っているのは赤いリボンのかけられた白い箱で、『今日の夕方届きました』というメッセージカードが入っている。

どうやら誰かが受け取って、ここまで運んできてくれたらしい。

ありがたく思いながら、袋を持って部屋の中に入り、魔石ストーブのスイッチを入れる。カーテンを閉めて上着を脱ぐと、袋から箱を取り出して、机の上に置いた。

（ずいぶんと立派な箱ね。リボンも地厚だし、高いんじゃないかしら）

光沢のある紙製の白い箱からは、心なしか、よい香りが漂ってくる。

リボンを解いて箱を開けて、彼女は思わず目を見開いた。

（すてき！）

中に入っていたのは、すぐに飾れるタイプの可愛らしい花のアレンジメントと、一通の手紙。

アレンジメントは、青いアイリスがメインになっており、『花言葉：祝福・希望』と書いたカードが添えられている。

手紙には、こう書かれていた。

『金賞おめでとうございます。今度お祝いにスペシャルパンケーキを食べに行きましょう。
あなたの友人　エリオット』

手紙を読んで、オリビアはくすりと笑った。エリオットは相変わらず耳が早い。

彼女は窓際の棚の上にアレンジメントを飾ると、口角を上げながら小さくつぶやいた。

「ありがとう。エリオット。スペシャルパンケーキ、楽しみだわ」

見上げた窓の向こうには、美しい星がダイヤモンドのように瞬いていた。

［幕間②］狂い始めた歯車

「何よ、これ！　まったく売れてないじゃない！」

「どういうことだ！」

オリビアがダレガスを去って、約九か月後。

展示されている商品が減り、すっかり寂しくなったカーター魔道具店の店内で、カトリーヌとその父親であるカーター準男爵が、真っ赤な顔をして怒鳴り散らしていた。

彼らの目の前にあるのは、魔石宝飾品が陳列してあるショーケースだ。いつもなら売り切れて空きが目立つのに、今日はほとんど残っている。

怒鳴られていた女性店員が、深いため息をついた。

「わかりません」

「わからないって、おまえの売り方が悪いんじゃないのか⁉」

「わたしは、何も変えていません、でも、一か月ほど前から同じように勧めても全然売れないのです」

そして、カトリーヌのほうを向いた。

「新しいデザインをいただけませんか。恐らくですが、今ある商品は、お客様の好みから外れてしまっているのだと思います」

「な！　そんなことあるはずがないわ！　それに、この前四つも渡したじゃない！」

女性店員が冷たい目でカトリーヌを見た。

「作るのが難しすぎて、わたしには作れません。と言ったではありませんか。なんなら、この場で易しい形に描き変えていただきたいのですが。ご自身でデザインなさっているのですから簡単ですよね？」

「そ、それは……」

カトリーヌが目を泳がせていると、準男爵がため息をついた。

「カトリーヌのデザインは完璧だ。おまえのやり方が悪いに決まっている。なんとかしろ。一か月以内になんとかできなければ給料を減らすことも考えるからな」


二人が立ち去った数時間後。

外がすっかり暗くなってから、外でメンテナンスの仕事をしていた男性店員が疲れた様子で戻ってきた。

男性はドスンと椅子に座ると、ぐったりと椅子の背もたれに寄りかかった。

「もう限界だ。この給料でこの忙しさ、やってられない」

ポットに入っている温かいお茶をカップにそそぎながら「そうね」と、女性店員がつぶやく。かれこれもう半年以上、残業代をもらっていない。

男性店員が、身を乗り出すと声をひそめた。

「……それと、オリビアさんはどうやら王都にいるらしい」

「え！」と目を見開く女性店員に「これを見てくれ」と差し出されたのは、魔道具師ギルドの新しいカタログ。白い紙切れが挟んであるページを開けると、大きな文字が飛び込んできた。


『女性向け魔石宝飾品部門　金賞　オリビア・リーズリー（ゴードン大魔道具店所属）』


その下のデザイン画を見て、女性店員は「あっ」と口元に手を当てた。

「このデザインって、オリビアさん……？」

「ああ。おれもそう思った。だから今日調べたら、オリビアさんの亡くなった母親の姓が『リーズリー』だったらしい」

「じゃあ……」

「ああ。オリビアさんは今、王都のゴードン大魔道具店で働いているってことだ」

女性が落胆した表情をした。

「……オーナーが嘘をついたってことね」

「そうなるな」と、男性が沈んだ顔で答える。

もともと二人は別の街の魔道具師であった。

男性は技術力が高いことで有名なカーター魔道具店の名前に惹《ひ》かれ、女性は数少ない女性魔道具師でありながら、そのデザイン力で活躍するオリビアに憧れて、店に入った。

入店当初は、オリビアがとても親切に仕事を教えてくれ、二人はメキメキと腕を上げることができた。

彼らは感謝していた。この店に入れて、オリビアの下につけて、本当によかったと。

しかし、入店から三か月後、オリビアが突然姿を消した。

続いて流れ始めた「オリビアが義妹のデザインを盗んで店をクビになった」という、ありえない噂。

二人が、オーナーである準男爵を問い詰めたところ、彼は汗を拭きながら、こう答えた。

「噂はわからないが、オリビアは療養中だ」

彼曰く、彼女は体調を崩して、母方の親戚の住む街で療養しているらしい。

短い間ではあるが、オリビアは恩人だ。

二人は相談して、「オリビアさんに恩を返すためにも、彼女が復帰するまで、頑張って店を切り盛りしていこう」と決めた。

しかし、状況は悪化の一途を辿る。

残業代は払われず、オーナーから理不尽に怒鳴られるなど嫌なことばかり。

しかも今日、オリビアの療養というのは真っ赤な嘘で、実際は王都で働いていたということがわかった。

彼らは思った。あの責任感の強いオリビアが店を投げ出すはずがない。絶対にあのオーナー親子が何かしたに決まっている。

男性が苦虫を嚙み潰したような顔をした。

「おれは、オリビアさんのことは魔道具師として尊敬していたし恩もあったから、帰ってくるまではと思って頑張っていたんだ。もうここにいる義理はない」

「そうね。オリビアさんのことが嘘だとわかった以上、ここにいる必要はないわ。これ以上、あのカトリーヌとかいう嘘つき女の言うことを聞くのは、まっぴらよ」

そのあと、二人は相談し、オーナーがなんと言おうと、一か月後に店を辞めて街を出ることを決めた。

第六章 一年後の打診

「オリビア。おまえさん、店を持たないか」

バサバサッ。オリビアの手から書類がこぼれ落ちる。

「落ちたぞ」と執務机に座っていたゴードンが、魔石ランプに照らされた床に散らばった書類を指差す。

彼女は、機械的に床に目を落とすと、信じられないといった表情をゴードンに向けた。

「……あの。すみません。もう一度言っていただけますか?」

「店を持つ気はないか?」

どうやら聞き間違いではないらしいと、とりあえず落ちた書類をかき集めながら、彼女がぼんやりと思い出すのは、ごくごく普通だった今日一日のこと。

(今日は本当に普通の日だったわよね。こんな大イベントの前兆、あったかしら……)


その日は、いつも通り始まった。

朝、寮の自室で目を覚ましたオリビアは、窓から差し込む春の陽射しの下で大きく伸びをした。

「よく寝たわ。今日も一日がんばるわよ！」

熱いシャワーを浴び、パンと珈琲で簡単な朝食をとる。

そして、いつものワインレッドのジャケットと緑色のフレアスカートに着替えると、三階にある自分の作業室に向かった。

三階の作業室は、オリビアが金賞をとった際に「見習い卒業」の証として与えられたものだ。広さはハリソンやララコーニャの作業室とほぼ同じで、ところどころに魔石宝飾品のケースが置かれている。

オリビアはそのまま作業机に向かうと、午前中は、注文があった女性向け魔石宝飾品の製作に没頭する。

そして、ローズとのお昼ご飯をはさんだ午後。

二階にある魔石宝飾品売り場にて、予約客として訪れた若い男女二人に、ショーケースカウンターの中にある指輪の説明をしていた。

「こちらが人気のフラワーシリーズで、横にあるのがハートシリーズです」

春らしい淡い黄緑色のワンピースを着た女性がうっとりとした表情を浮かべた。

「まあ！　なんて可愛いのかしら！　こんなのどこの店にもなかったわ！　これ全部オリ

ビアさんがデザインしたの？」

「はい。わたしが担当させていただきました」

「すてき……。台座の細工も凝っているわね」

「はい。これは蔦の模様になります。石はお選びいただけまして、ここにはめ込んであるのは疲労軽減の効果を付与した魔石になります。試しにつけてみますか？」

女性が目を輝かせた。

「いいんですか！」

「ええ。もちろんです」

オリビアは、白い手袋をしてショーケースから指輪を取り出すと、黒いトレイにのせて女性に差し出した。

女性は、右手の薬指にそっとその指輪をはめると、魅せられたように目を細めた。

「綺麗……。細身だし、普段着けていても邪魔にならなそうね。石はどんなものがあるのかしら？」

オリビアは、後ろの棚から黒いビロード地の小さなショーケースを取り出した。中には色とりどりの小さな魔石がならべられている。

「指輪ですと、このあたりと相性が良いと思います」

「まあ！　こんなに？　ねえ、見て、あなたの瞳と同じ色があるわ！」

「ああ。本当だね。こっちは君の色だ」

仲睦まじい様子で石をながめる若い男女に、オリビアが笑顔で順に魔石の説明をしていく。

――そして、一時間後。

店舗一階の入り口で、満面の笑みを浮かべた女性が、見送りに来たオリビアの手を握った。

「本当にありがとう！　貴女《あなた》のところに来て正解だったわ！」

男性もニコニコしながら帽子に軽く手をかけた。

「わたしからもお礼を。良い品を彼女に贈れます」

オリビアはにっこりと笑った。

「ありがとうございます。そう言っていただけると励みになります。今後ともゴードン大魔道具店をよろしくお願いします」


楽しそうに馬車に乗り込む二人を見送ったあと、オリビアは急ぎ二階に戻った。

時計をチラチラと見ながら、鍵付きの戸棚から箱を幾つか取り出して、中身を慎重にチェックする。

そして、防犯機能付きのショルダーバッグにそれらを丁寧に入れると、バッグと対になるブレスレットをはめ、帽子をかぶって足早に一階に下りた。

「予定通り『サリー・ブライダル・ブティック』に行ってきます」

「了解です。馬車を呼んでありますので、そのまま乗ってください」

「ありがとうございます。夕方には戻ります」

入り口のカウンターに立っている男性職員と軽い会話をかわし、店を出る。そして、表に待っていた馬車に乗り込むと、ふう、と一息ついた。

（なんとか間に合いそうね）

窓から外をながめるオリビアを乗せて大通りを進む馬車。

通りを抜けて、若葉色の街路樹がならぶ中くらいの通りに入り、さらに走ること十数分。

「着きましたよ」

「ありがとう」

御者に手伝ってもらって馬車から降りると、そこは人の多い通りに面した一軒の店の前だった。


『サリー・ブライダル・ブティック』


そう筆記体で記された白い看板には、仲睦まじくならぶ男女二人の影絵が描かれ、ショーウインドウには、レースをふんだんに使った美しいウエディングドレスが飾られている。

ピンクの薔薇のリースが掛けられた扉を開けて入ると、中はまるでおとぎの国のような可愛らしい雰囲気で、純白のドレスや洒落た小物がならぶ棚などが置かれている。

カウンターに立っているスマートな制服を着た若い女性が、オリビアを見てにっこりと笑った。

「こんにちは。オリビアさん。店長ですか？」

「ええ。届けものよ」

「かしこまりました。こちらでお待ちください」

案内されて、オリビアは小花柄のソファに座った。

相変わらずすてきな店ねと、周囲を見回していると、店の奥から楽しそうな男女の声が聞こえてきた。

「この水色のドレスも可愛いわね。ねえ。白と水色、どっちがいいと思う？」

「君ならどちらでも似合うよ」

「もう！　ちゃんと選んでよ！　一生に一度の結婚式の衣装なのよ！」

文句を言いながらも満更でもなさそうな女性の声に、オリビアは吹き出しそうになって、慌てて口元を押さえた。

会話を聞きながらニヤニヤと笑っていると、先ほどの女性が戻ってきた。

「店長がお待ちです。こちらにどうぞ」

細い廊下を通って案内された先は、作りかけのドレスを着たトルソーがならんでいる、ピンクの壁紙が大人可愛い大きな目の執務室。

窓際の執務机に座っていた白いスーツを着た赤毛の女性が、オリビアを見て嬉しそうに立ち上がった。

「よく来てくれたわね！　オリビア！」

女性の名前は、サリー・リリウム。

ブライダルを得意とする服飾デザイナーで、まだ若いながら自分の店を持っているやり手だ。

彼女の婚約者がエリオットの友人で、彼らを通して知りあった。

サリーは、オリビアより六歳年上のハキハキとした魅力的な女性で、初対面でオリビアに自分の思いを熱く語った。

『ブライダルでは、男性が女性に魔石宝飾品を贈るわ。でも、今主流の魔石宝飾品だと、お洒落じゃなかったり、立爪とかギザギザが邪魔になったりで、普段使いができないのよ！　お洒落で、普段も身に着けられて、おばあちゃんになるまでずっと楽しめるのが、ブライダルにおける理想の魔石宝飾品の在りかただと思うの！』

話を聞いて、オリビアは感銘を受けた。オリビアが目指したい方向性とこれだけ合う話を聞いたのは初めてだったからだ。

そのあと、二人はすっかり意気投合し、

『あなたの魔石宝飾品を見たとき衝撃を受けたわ。わたしが正に目指すもの、そのものだったんですもの。ぜひ、あなたにはうちの店の契約魔道具師になっていただきたいわ！』

そう意気込むサリーに、オリビアは「わたしのほうこそお願いします！」とそれを快諾。

契約魔道具師として、サリーの店の仕事を請け負うようになった。という次第だ。


「よく来てくれたわね！　どうぞ座って！」

笑顔のサリーに、「ありがとう」と言いながら、オリビアは執務机の前に置いてある洒落た椅子に座った。膝の上に置いた防犯機能付きの鞄から、小さな箱をいくつか取り出す。

「今日は頼まれていたキャサリン男爵令嬢と、ガーディン様の魔石宝飾品を持ってきたの」

「まあ！　とうとうできたのね。見てもいい？」

もちろん。と、箱を渡されたサリーが、中を見てうっとりした表情になった。

「……すてきね。この指輪の曲線なんて芸術的じゃない。ドレスとの相性もばっちりだし、ちょっと出掛けるときにも着けやすいわね！」

「ふふ。ありがとう。苦労した甲斐《かい》があったわ」

受領書にサインしたあと、宝飾品の箱を部屋の金庫に丁寧にしまうサリー。

そして、二人は先ほどの女性が持ってきてくれたお茶を飲みながら、情報交換を始めた。

「最近流行っていた花柄は、定番として定着した感じね！　今年の流行は多分ハートだと思うわ」

「たしかに、魔石宝飾品もハート形を選ぶ方が増えているわ」

「そうなると、流行の色は赤かピンクね！」

最近の流行や、ウエディング業界のこと、魔石の相場の話など、話題は尽きない。

そして、日が傾き空に夕方の気配が漂い始めたころ。

「では、また三日後によろしくね！」

「はい。よろしくお願いします」

見送りに出てきてくれたサリーとそんな会話をかわし、オリビアは帰りの馬車に乗り込んだ。

薔薇色に染まった空をながめながら、あとはゴードンさんに書類を提出しに行くだけね。と、考える。

――多少慌ただしかったものの、ごくごく普通の一日。だから、

「オリビア。おまえさん、店を持たないか」

その日の夜、執務机に座っていたゴードンから突然声を掛けられ、オリビアは呆気にとられて持っていた書類を落としてしまった。

「書類、落ちたぞ」と、ゴードンが魔石ランプに照らされた床を指差す。

オリビアは、機械的に下に落ちた書類に目を向けると、信じられないといった表情でゴー

ドンを見た。

「……あの。すみません。もう一度言っていただけますか？」

「店を持つ気はないか？　って言ったんだ」

目をこれ以上ないほど見開くオリビアに、「目が飛び出そうだぞ」とゴードンが面白そうに言う。

予想外すぎる事態に、オリビアは思わず彼に詰め寄った。

「ちょ、ちょっと待ってください。店って、王都にわたし個人の店ってことですか？」

「そうだ」

彼女は黙り込んだ。

王都に店を持つのはとても難しい。人も多いが、競合店も多い。新しい店が立ち上がっては潰れる様を何度も見てきた。

（この王都で、わたしが店……？）

戸惑うオリビアに、ゴードンが口の端を緩めた。

「扱い的には、うちの『姉妹店』にはなるけどな。まあ、早い話が住み分けだな」

「住み分け」

ゴードンが腕を組んで椅子の背もたれに寄りかかった。

「おまえさん、うちの店の主要顧客が誰だかわかるか？」

「富裕層の男性とそのご家族、ですよね」

「その通りだ。だから、品揃えも店の作りも、すべて彼ら好みにしてある」

そうですね。と、オリビアはうなずいた。店の内装や調度品は、すべてそういった男性や家族が好みそうなものに揃えてある。

「だが、この店には、最近、別の種類の客が急激に増えてきた」

「若い女性、ですか」

「そうだ。おまえさんのデザインした魔石宝飾品目当ての客だ。おれの予想では、おまえさんの作る魔石宝飾品はまだまだ伸びる。だが、この店舗で売る限り、早い段階で頭打ちになるだろう」

オリビアは考え込んだ。ゴードンの言うように「早い段階で頭打ちになる」かどうかはわからないが、たしかに若い女性が一人で入りにくい雰囲気の店ではある。

「それで姉妹店ですか」

「おうよ。こういうのは住み分けたほうが双方売り上げが上がるからな。それと、ちょうどいい物件が空いたんだ」

ゴードン曰く、知り合いの魔道具師が王都の店を畳んで田舎に帰ることになったらしい。

「おれも世話になった爺《じい》さんで、店を頼むって言われてな。人に売るのも忍びなくて、そのまま魔道具店として活用したいんだ」

「どこにあるんですか」

「ラミリス通りだ」

ラミリス通りと言えば、少し高いお洒落な店が集まっている若い女性のホットスポットだ。衛兵詰め所があるため治安もすこぶるよく、女性向け魔石宝飾店の立地としては最高と言える。

「――それに、まあ、おまえにこっちで店を持たせてやりたかったっていうのもある」

最後は聞こえないくらいの小さな声。

「どうだ。悪い話じゃないだろ。やってみないか」

ゴードンの真剣な目に、オリビアは息をついた。いい話だとは思うが、話が大きすぎて即決は無理だ。ちゃんと考えたい。

「……少し考えさせてください」

ゴードンが、ニカッと笑った。

「いいぞ。よく考えてくれ」


その日の夜。部屋着姿のオリビアが、寮の自室で一人、窓際の椅子に座って外をながめていた。

「自分の店。かあ」

ゴードン大魔道具店には「のれん分け」に近い制度があり、今も地方や王都で数人の魔道具師が分店や姉妹店を経営している。仕入れを一本化できたり、商品種類を増やせたりと良いことが多く、双方にメリットのある制度だ。

王都にあるメンテナンス専門店に行ったことがあるが、かなり好き勝手にやっていたから、特に制約もなく自由にできるのだろうし、出資もしてくれると聞いている。

悪いことは何一つ思いつかない、本当にびっくりするほどいい話だ。

気になるのは、ゴードンの最後のセリフ。

『――それに、まあ、おまえにこっちで店を持たせてやりたかったっていうのもある』

聞こえていないフリをしたが、たしかにそう言っていた。

その、つぶやくような声を思い出しながら、オリビアは思った。もしかして、ゴードンは父の店が乗っ取られたことを気にしているんじゃないだろうか、と。

(ゴードンさんのせいじゃないわ。わたしが力不足だったせいよ)

しかし、責任感の強いゴードンのこと。口にこそ出さないものの、何もできなかったことを後悔しているのかもしれない。

本当なら、もっとこの店で働きたいと思っていた。

でも、ゴードンの言うことはもっともで、遅かれ早かれ店を分けなければならない事態になる可能性が高い。

恩人ゴードンの期待に応えたいという気持ちもあるし、サリーのようなすてきな店を持ってみたいという思いもある。

売り上げは少し心配だが、魔石宝飾品という商品の性質上、なんとかなるような気もしている。

条件的にも状況的にも「店を持つ」の一択だとは自分でも思うのだが、オリビアは決断しきれずにいた。

(モヤモヤするのよね……)

はあ。と息をついて、窓の下をのぞき込む。

街灯に照らされた石畳の上を歩く人々をながめながら、モヤモヤの原因を考えては、「やっぱりアレよね」と、何度もため息をつく。

そして、しばらくして。

(ん?　……もしかしてエリオット?)

ながめていた先に現れた見覚えのある人物に、オリビアは目を凝らした。

街頭に照らされているのは、見慣れたハンチング帽と色眼鏡。

彼女の視線に気がついたのか、ハンチング帽の主である男性がひょいと顔を上げた。

（やっぱりそうだわ！）

オリビアは身を乗り出して手を振った。

男性が立ち止まって、ゆっくりと手を振り返す。

（久し振りに、ちょっと話したいわ）

オリビアは、「待っていて！」と大声を出すと、大急ぎで着替え始めた。ブラウスを着て、紺色のスカートをはき、冷えるかもしれないと薄手のコートを羽織る。

そして、非常階段を使って下りていくと、そこにはコートとマフラー姿の長身のエリオットが立っていた。

色眼鏡をかけていても分かるその端整な顔が、街灯の光に静かに照らされている。

こうやって見ると、すごく上品そうな人ね、と思いながら、オリビアは彼に駆け寄って、嬉しそうにその顔を見上げた。

「久しぶりね」

エリオットが穏やかに微笑んだ。

「ええ。二か月振りですね」

忙しかったから気がつかなかったけど、もうそんなに経つのね。と思いながら、オリビアが尋ねた。

「どうしてこんなところにいるの？」

「仕事終わりに少し歩きたくなったのです。──それに、あなたの顔を見たくなったというのもあります」

最後は聞き取れないほどの低い声。

オリビアが、なんと言ったか聞き返そうとすると、エリオットがにっこりと笑った。

「立ち話もなんですから、どうですか、近くの公園まで。帰りお送りしますよ」

「夜の散歩、いいわね。ちょうど気分転換したかったの」

二人はならんで夜の街を歩きだした。

春とはいえ夜は冷える。冷たい風に身をすくめるオリビアに、エリオットが巻いていたチャコールグレーのマフラーを差し出した。

「これをどうぞ」

「ありがたいけど、それだとエリオットが寒いんじゃない？」

「大丈夫ですよ。少し暑いくらいだと思っていましたから」

エリオットが、オリビアのむきだしの首元を包むように、マフラーをくるくると巻いてくれる。

彼のぬくもりの残るマフラーからうっすらと漂う、鼻をくすぐる男性用の香水の香り。

（暖かい。この生地、かなりいいものね）

そんなことを思いながら、お礼を言ってマフラーに手を当てるオリビア。わたしも次の冬には質のよいマフラーを買おうかしら。と考える。

そして、公園に到着し、屋台で温かい飲み物を買ってベンチに座ると、エリオットが口を開いた。

「最近どうですか？」

「そうね。忙しく過ごしているわ。サリーともいい感じよ」

「そのようですね。彼女の婚約者の男性を覚えていますか？」

「ええ。エリオットの友達のニッカさんでしょ」

「その彼が嘆いていました。『婚約者が仕事に没頭しすぎて、かまってくれない』って」

いかにもサリーの尻に敷かれていそうな無口な男性の顔を思い出し、思わず笑い出すオリビア。自分の仕事のことや、魔道具やサリーのことなど、話題は尽きない。

そして、エリオットが、ふと尋ねた。

「雰囲気がいつもと違うようですが、何かあったのですか？」

オリビアがため息をついた。

「よく分かったわね」

「もう一年近い付き合いですからね」と、エリオットが穏やかに笑う。

オリビアは少しぬるくなった飲み物で両手を温めながら、目を伏せた。

「今日、ちょっと驚くことがあってね」

「聞いてもいいですか？」

「ええ。じつはね……」

オリビアは、ゴードンから店を持たないかと言われた話をした。

「店は姉妹店扱いで、場所はラミリス通りにあるゴードンさんの知り合いの店の跡地になるんだって」

エリオットが、ふむ。という風に考え込んだ。

「私には素晴らしい話に聞こえます。滅多にない大チャンスではないでしょうか」

「そうよね」と、オリビアはつぶやいた。それは彼女にもわかっているのだ。わかっているけど、心の中のモヤモヤのせいで決め切れないのだ。

エリオットは、黙り込むオリビアの顔をうかがうと「なるほど」とつぶやいた。

「その顔は迷っている顔ですね。何か引っかかっていることがあるんじゃないですか？」

「……」

図星を指され、彼女はうつむいた。気になっていることが、たしかにある。

（……やっぱりお父様の店が、どうしても気になってしまうのよね）

心を覆って重くしているモヤモヤの原因は、一年前にダレガスで起こった出来事だ。

この一年。オリビアはこのことを考えないように努めてきた。

どうにもならないことを思い出して苦しむよりは、忘れて前を向いていこうと決めたからだ。

幸い、大型の魔道具の勉強をしたり、魔道具デザイン賞に出品したり、忙しく過ごせたため、自然とダレガスでの出来事を思い出さずにいられた。

しかし、いざ王都で店という話になって、どうしても思い出してしまう、故郷のことと父の店。

『本当に、このままでいいのか』

『王都でこのままずっと暮らすのか』

『ダレガスに本当に帰らなくていいのか』

『父母の墓はどうするのか』

今まで敢《あ》えて考えてこなかったことが頭の中からあふれてきてしまい、彼女は自分の中で収拾がつけられなくなってしまっていた。

頭の中を整理しきれず黙り込むオリビアと、静かに彼女を見守るエリオット。

しばらくして、オリビアが口を開いた。

「……詳しい事情は言えないけど、引っかかっているのは、実家のこと、なんだと思うわ」

エリオットが、「そうなのですね」と、うなずいた。

「実家というと、ダレガスのことですね。……もしかして、お帰りになるのですか?」

オリビアは、力なく首を横に振った。

「帰れないわ。……でも、心のどこかで帰りたいとは思っているのだと思う」

そうつぶやく彼女を、エリオットが心配そうに見つめる。

そして、しばらく考えたあと、穏やかに尋ねた。

「あなたが、もしもダレガスに帰るとなると、それはいつごろですか？」

「そうね……。帰るとしても、かなり先の話だと思うわ」

エリオットは再び考え込むと、「ご実家の事情がわからないという前提ですが」と前置きをしながら、ゆっくりと口を開いた。

「私だったら、恐らく実家のことは気にせず、チャンスを掴《つか》みにいくと思います。一、二年先ならまだしも、遠い未来を気にして、こんな大チャンスを逃すのはもったいないですからね」

オリビアは、持っているカップに目を落とした。

（たしかにそうだわ。もったいない）

いつかは帰りたいと思う。

父の店をなんとかしたいという気持ちもある。

でも、それは今じゃない。

今はきっと前を向いて魔道具師として修業に励むべき時期だ。

（そうよ。ここに来たばかりのとき、そう考えて、前を向こうって決めたじゃない）

急に色々思い出したから混乱してしまったわ。と心の中で苦笑いする。

遠い将来のことはわからない。

でも、今は足元を見て目の前のことをがんばっていこう。

彼女はカップの中身をグイッと飲み干すと、感謝の目でエリオットを見上げた。

「ありがとう、わたし、なんか混乱していたみたい」

「混乱は収まりましたか？」

「お陰様で。今考えるべきじゃないことを悩んでいたみたい」

エリオットが「良かったです」と、微笑みながら立ち上がった。

「明日も早いのでしょう、そろそろ戻りましょうか」

「ええ。そうね」

オリビアが笑顔で立ち上がる。モヤモヤが晴れ、スッキリした気分だ。

公園を出て、ゴードン魔道具店に向かって歩きながら、オリビアが尋ねた。

「そういえば、エリオットは今日はどこで仕事していたの？」

「王立図書館の近くです」

オリビアは目を丸くした。

「ここからずいぶん遠いじゃない」

二時間以上かかるんじゃないかと驚くオリビアに、エリオットが微笑んだ。

「大したことはありません。……それに、歩いてきて正解でした。元気なあなたの顔を見ることができましたから」

最後の方の言葉は、聞こえないような小さなつぶやき。

そして、ゴードン大魔道具店の前に到着すると、オリビアは首に巻いていたマフラーをはずした。

「ありがとうね。とても暖かかったわ」

「どういたしまして」

マフラーを受け取って無造作に首に巻きながら、エリオットが、ふと、「そういえば」という風に口を開いた。

「なるべく出店申請を急いだほうがよいと思います。もしも困ったことがあったら力を貸しますから、ぜひ教えてください」

そして、どういう意味かしら、と首をかしげるオリビアに微笑んだ。

「おやすみなさい。オリビア。よい夢を」

「あ、うん。おやすみなさい。またね」

街に消えていくエリオットを見送ると、オリビアは階段を上り始めた。

五階まで上り、ランプを片手に部屋に戻る。

そして、「最後のアレはなんだろう？」と首を捻りつつ再びパジャマに着替えると、「まあ、いいか」と、すがすがしい気分で、そのまま眠りについた。

◇

翌日夕方、オリビアはオレンジ色の夕日に染まるゴードンの部屋を訪れた。

「お店、やらせてください！」

覚悟が決まった顔で頭を下げるオリビアを見て、「そうか！」とゴードンが嬉しそうに笑う。机の上を軽く片付けると、立ち上がった。

「今日はもう遅い。食事でもしながら相談といこう。うまい店に連れてってやる！」

オリビアは、ありがたく思いながらも、くすりと笑った。

「本当ですか？　ゴードンさんの食の趣味は微妙って話ですよ？」

「なんだと！　よーし！　とっておきの店に連れていってやるから、覚悟しておけ！」

このあと、二人はゴードン行きつけの、見かけは汚いが味が抜群な居酒屋で飲み食いしながら、あれやこれやと相談した。

「店はうちのものだから、ゆっくり準備を進めていいぞ。とりあえず、一年後の開店を目指すのでどうだ？」

「準備期間が一年もあるなら安心です」

「おう。どこにもないような店を作れよ！」

「はい！」

と、こんな調子で、一年後に開店することを決めて、

「じゃあ、時間ができたら申請に行くか！」

そうゴードンに言われたオリビアが、「急いだほうがいいですよ」というエリオットの言葉を思い出して、「早目に行きましょう」と提案。

二人は、翌日魔道具師ギルドに出店の申請を出しに行くことになった。

第七章　王都に店をかまえることになりました

オリビアとゴードンが、魔道具師ギルドに新店舗の申請を出しに行った翌日。

雨上がりの午後。

「なんて可愛いの！　貴族のお嬢様みたい！」

サリー・ブライダル・ブティックの、ドレスがならんだ可愛らしい試着室で、若い女性がうっとりと姿見に映る自分をながめていた。

ふんわりとしたレースがふんだんに使われたウエディングドレスを身にまとい、頭には白いベール、指には青い石の光る指輪をはめている。

「とてもお似合いですよ。サイズ、よろしいようですね」

クリーム色のスーツを着たサリーと、制服を着た助手の女性が、ニコニコしながら裾や袖の長さをチェックする。

「ピッタリよ！　アーサーも絶対にいいって言ってくれるわ」

女性が鏡の前で幸せそうにくるくると回る。指に光る指輪に目をとめると、魅了されたような表情になった。

「この指輪も本当に可愛いわ。ドレスにも合っていてすごくすてき！」

「ええ。とてもお似合いですよ」と、サリーが微笑んだ。「邪魔にならないデザインですので、ブライダルが終わってもどんどん着けていただけます」

「そこがすてき！　出掛けるのが楽しみだわ！」

部屋の隅で女性の様子を見ていたオリビアは、軽く口角を上げた。ここまで喜んでもらえると、こっちまで幸せな気分になってくる。

オリビアの斜め前のソファに座って、ニコニコ笑って見学していた女性の母親と祖母が、ひそひそと話し始めた。

「いいわねえ。今の子は。わたしもおじいさんから、それはもう立派な指輪をもらったんだけど、着けたのは一回きり。もう五〇年以上見てないよ」

「わたしのは、娘ができたらあげようと大切にしまっておいたのに、いざあげようって言ったら『そんな古臭いのは、いらない！』なんて言われてねえ。もう悲しいったらありゃしないよ」

二人の会話に、オリビアは内心くすりと笑った。

そういえば、自分も母から父にもらったという指輪を見せてもらって、「結婚するとき、ちょうだい！」とお願いしたわね。と懐かしく思い出す。

そんな話をする二人を、ウエディングドレスの女性がくるりと振り返って頬を膨らませた。

「もう、お母さんもおばあちゃんも、ちゃんと見て感想言ってよ！　主役はわたしよ！」

そして、オリビアのほうを見ると、にっこりと笑った。

「指輪、本当にありがとうございます！　今度お店に行きますね！」

気に入っていただけて本当によかったわ。と思いながら、オリビアはにこやかにお辞儀をした。

「ありがとうございます。お待ちしております」


女性たちが帰ったあと、オリビアはサリーと共にピンク色の執務室に移動した。お茶を飲みながら会話を始める。

オリビアが、店を持つことが決まったことを伝えると、サリーが目を丸くした。

「まあ！　お店を⁉」

「……ええ。ゴードン大魔道具店の女性向け魔石宝飾品売り場が分離する感じね。扱い的には姉妹店になるわ」

オリビアの言葉に、サリーは嬉しそうに両手を合わせた。

「おめでとう！　すごいじゃない！　もしかして、王都初の女性向け魔石宝飾品の専門店になるんじゃない？」

「……そうなるらしいわ。ゴードンさんが、それで売っていこうって張り切っているわ」

まあ！ と、我がことのように喜びながら、サリーがウキウキと言った。

「じゃあ、念入りに出店計画を立てないとね！ 出店場所の目処《めど》はついているの？」

「……ラミリス通りにあるゴードンさんの知り合いの魔道具店跡が空いているらしくて、そこを改装する感じになるわ」

「ピッタリじゃない！ うちとも近くなるわね！」

「……ええ。そうね……」

楽しそうに話すサリーと対照的に、どことなく冴《さ》えない表情のオリビア。

サリーが首をかしげた。

「どうしたの？」

「……じつは、大変なことになってしまって」

「大変なこと？」

オリビアが、はあ。と、深いため息をついた。

「なんと、三か月後に開店することになっちゃったのよ」

「……は!? ええ!? 三か月!?」

サリーが目を見開いて、ガバッと立ち上がった。

「ちょっと！ なんで三か月なのよ！ 最低でも半年はかかるし、この店だって一年近くかかったわ！　三か月は無謀よ！　無謀すぎるわ！」

　オリビアが目を伏せた。

「……なんでも、国王陛下が王都内の新規店舗を抑制する方針を出したらしくって、三か月以降の開店となると、審査がすごく厳しくなるらしいのよ」

　これは店を持つと決めた翌日、魔道具師ギルドに申請に行った際に「じつは」と小声で教えてもらった話で、来月に発表される予定のものだったらしい。

「ギルドの人曰く、こういう分店的な申請は、本店で賄えると見なされたら許可されない可能性もあるらしくて。ゴードンさんもわたしも大慌てよ」

　そう説明しながら思い出すのは、夜の散歩をしたときに、エリオットが別れ際に言った言葉。

『なるべく出店申請を急いだほうがよいと思います。もしも困ったことがあったら力を貸しますから、ぜひ教えてください』

（エリオットは多分知っていたんだわ。教えてくれたことに感謝しないと）

　サリーが「それは急ぐしかないわね」と、つぶやきながら椅子に座ると、心配そうな顔でオリビアを見た。

「でも、大丈夫なの？　改装するなら、急いで職人を押さえないと！」

「ゴードンさんが頑張って、店に出入りの職人さんになんとか頼み込んでくれたわ。店舗イメージもなんとなくあるから、今週中には打合せをする予定よ」

「それなら、ギリギリなんとか間に合うかしらね」と、サリーがホッとした表情をする。

そして、オリビアを見て首をかしげた。

「だったら、どうしてそんな深刻な顔をしているの？　何か他にもあるの？」

「ええ。じつは、ゴードンさんに、『店の看板商品を作ったほうがいい』って言われていて、悩んでいるの」

サリーが、なるほど。という顔をした。

「売りになる商品って絶対に必要よね。でも、オリビアのデザインした魔石宝飾品があれば十分売りになると思うんだけど」

「ゴードンさん曰く、ゴードン大魔道具店にも同じ商品を置くことになるだろうから、ラミリス通りの店にしかない目立つ商品を作ったほうがいいって」

サリーが、ふむ。とでも言うように腕を組んだ。

「たしかにそれはあるわね。この場所じゃなきゃダメ！　っていうものって必要よ。それで、方向性は決まっているの？」

オリビアは、考えるように膝に視線を落とした。

「まだ具体的ではないけど、『女性を笑顔にする商品』を作りたいと思っているわ」

これはオリビアの根幹でもあり、新しい店の根幹でもある。どんなものを作るにせよ、この考え方だけは絶対に外せない。

「あと、他にはないような、わたしらしい看板商品を作れればと思っているわ」

看板になるような商品を開発する期間として、三か月は短すぎるとは思う。

でも、どうせ作るなら、どこにもない、自分の店を象徴するような素晴らしいものを作りたい。

オリビアの気合の入った表情を見て、サリーがニヤリと笑った。

「いいわね！　その意気よ！　楽しみにしているわ！」

「ありがとう。頑張るわ」

◇

翌日朝。爽やかな風がカーテンを揺らす、五階の寮の自室にて。

オリビアは、ソワソワしながら出掛ける準備をしていた。

白いブラウスを着て、いつもよりもややカジュアルな紺色のスカートをはく。そして、鏡の前に立つと、つばの広い紺色の帽子をかぶり、色のついたサングラスをかけた。

（うん。大丈夫。これならわたしってわからないわ）

――前日、サリーの店に行った帰り、オリビアは魔道具師ギルドに立ち寄った。

「王都にある魔石宝飾品専門店の名前と場所を全て教えてください」

『他にはない看板商品にしたい』と言いながら、他の店の看板商品を知らないのもおかしいので、まずは見て回ろうと思ったからだ。

「少々お待ちください」と、分厚い帳簿をパラパラとめくる、眼鏡をかけたギルド受付嬢。

時々手を止めてペンを走らせると、オリビアに一枚の紙を手渡した。

「これが王都内にある魔石宝飾品専門店すべてになります」

オリビアは受け取った紙を見た。

「四店舗あるんですね」

「はい、二店舗が男性向け、残り二店舗は男女両方向けと申請されています」

ありがとうございます、とお礼を言ってギルドを出るオリビア。

もらった紙に書いてある各店の住所を見ると、広い王都の四方八方に散っており、道に迷いやすい自分が、全部見て回るのは大変そうだと、ため息をつく。

しかし、そんな彼女に思わぬところから救いの手が差し伸べられた。

「明日なら一緒に行けそうよ」

王都に詳しいローズが同行してくれると名乗りを上げてくれたのだ。

そのあと、二人はゴードンの執務室に行って外出許可を申請し、翌日朝から店舗の視察に出掛けることになった、という次第だ。

オリビアは、鏡の前でくるりと回った。

他店の魔道具師とバレないように変装をしてみたのだが、色眼鏡と帽子があるだけで、まったくの別人に見えるから不思議だ。

普段しないことをしたせいか、気分が高揚してくる。

（ふふ。なんだか楽しみになってきたわ）

まだ約束まで時間があるものの、ジッとしていられなくなり、オリビアは部屋を出た。

部屋の鍵を閉め、階段をリズミカルに下りていく。

二階まで下りると、魔石宝飾品売り場をのぞき込んだ。

開店前ということもあり、中には誰もおらず、静かな店内に朝の光が差し込んでいる。

オリビアはそっと売り場の中に入ると、中央部分に立って、周囲をぐるりと見回した。

目に入るのは、毎日のように磨き上げているショーケースカウンターと、使いやすいように整理整頓してある壁際の棚だ。

（……三か月後には、ここから離れて別の店で働くなんて、なんだか信じられないわ）

そんなことをボーっと考えていると、後方から階段を上がってくる、カツカツ、という細いヒールの音が聞こえてきた。

振り返ると、そこに立っていたのは、白い帽子をかぶり、水色のワンピースを着たローズ。手には白いハンドバッグを提げている。

彼女はにっこりと笑った。

「おはよう。オリビアちゃん。二階から足音がしたから、もしかしてと思って来てみたの」

「おはようございます。なんだか落ち着かなくて早く来てしまいました」

ローズが、おっとりと笑った。

「ふふふ。じゃあ、少し早いけど、今日の予定を話しちゃいましょうか」

「はい」

オリビアが手に持っていた革鞄から、昨晩用意した王都の地図を取り出す。カウンターの上に広げると説明し始めた。

「魔道具師ギルドの方の話によると、王都の魔石宝飾品専門店は地図に○をつけた四か所にあるそうです」

ローズが、ふむふむ。と手入れされた指で、地図に几帳面《きちょうめん》に書き込まれた○印をなぞる。

「結構散らばっているのねえ。これだけ離れているとなると、客層も店の感じもかなり違いそうね」

オリビアはうなずいた。きっと、それぞれの特色が出た看板商品を見ることができるに違いない。

そのあと、二人は話し合って、中心地より遠い店から順に巡っていくことを決めると、階段を下りて店の外に出た。

外はよく晴れており、春らしい気持ちの良い風が吹いている。

「まずは、乗合馬車で移動ね」

乗合馬車の乗り場を目指して、にぎやかな大通りを歩き始める。

乗り場に到着し、青空の下で待つこと数分。

『中央——南部往復』と書かれた看板を下げた八人乗りの馬車が到着した。

中をのぞくと、男性が一人座っている。

「よかったわ。空いているわね。乗りましょう」

「はい」

二人は御者にお金を払うと、馬車に乗り込んだ。

窓際にならんで座り、取り留めもない会話をしながら流れていく街の風景をのんびりとながめる。

そして、王都を流れる川にかけられた石でできた大きな橋を渡り、背の低い建物が増えてきたなと思い始めたころ。

「多分このへんだわ」

ローズが御者に停まってもらうように頼むと、二人は二階建ての建物がならぶ大きめの通りに降り立った。

オリビアが鞄から地図を取り出すと、ローズがそれを受け取って広げた。

「ええっと、この方向に真っすぐ行ったら右手に見えてくるはずよ」

地図を片手に歩き出すローズの少し後ろをついて歩きながら、オリビアはキョロキョロと周囲を見回した。

人の多い通りは活気に満ちており、定食屋や洋服屋、雑貨屋など、親しみやすい雰囲気の店がならんでいる。

（有名店がならぶ中央通りとはずいぶんと雰囲気が違うわね。これは全然違う商品が見られそうだわ）

そんな期待に胸を膨らませながら歩くこと、しばし。

「見つけたわ」とローズが通りの先を指差した。「あそこね」

指差した方向にあったのは、小さくて可愛らしい雰囲気の魔道具店。扉の上には『魔石宝飾品の店ディック』という看板が掲げられている。

（いい感じの店ね）

そう思いながら、ローズに続いてドアの敷居をまたいで店に入ると、そこに広がっていたのは、ショーケースカウンターがならぶ思いのほか広い売り場だった。

中には客が数人おり、茶色の制服を着た店員たちが、何か説明をしている。

オリビアは、近くにあったショーケースカウンターをのぞき込んだ。

(置いてある商品の価格帯は低めなのね。ユニークな商品が多いかしら)

ゆっくりと歩きながら見ていると、オレンジ色の髪をした元気の良さそうな女性店員が笑顔で声を掛けてきてくれた。

「いらっしゃいませ！　何かお探しですか？」

「はい。この店に有名な看板商品があると聞いて、見に来ました」

オリビアの横に立っていたローズが、あらかじめ決めてあったセリフを答えると、店員は「じゃあ、こっちです！」と中央の一段高いところにあるショーケースの前に案内してくれた。

「こちらの青い石が入ったピアス、うちの看板商品です！」

「これは、なんという石ですか？」

「はい。空輝石《くうきせき》です！　オーナーが隣国出身でして、その伝手で仕入れている石なので、うちでしか売っていない貴重品です！」

オリビアは、色眼鏡をずらしながら目を凝らした。

たしかに、見たことがない石だ。

このあと、いくつか質問をして、「ありがとうございます。少し考えます」と、二人は店を出る。

通りの先に見えている乗合馬車の乗り場に向かって歩きながら、ローズが口を開いた。

「どうだったかしら？」

「そうですね」と、オリビアが考えながら口を開いた。「とても良い看板商品だと思いました。王都で一か所しか売っていないのは、すごい売りだと思います」

「珍しい魔石が好きな人って結構いるものねえ」

「店の雰囲気も、優しい感じでよかったです」

「そうね、わたしもあの店、好きだわ」

そんな会話をしながら待合馬車を待つ二人。

来た馬車に乗り込み、今度は街の北側に向かう。

着いた先は、先ほどとは一転、背の高い建物のならぶ大きな通りに面した、金色に輝く店。扉と窓枠は金色に塗られ、ショーウインドウには全身に魔石宝飾品を着けたマネキンが展示されている。

店の金色の看板を見上げながら、ローズが感心したようにつぶやいた。

「これはまたずいぶんと派手ねえ」

「そうですね。いかにも高級店って感じがします」

ローズを先頭に店の中に入ると、すぐに目に入ったのが、金色の輝く壁。店内はかなり広く、金の飾りがついたショーケースカウンターがならべられており、壁際には金色の棚がならんでいる。

（すごいわね。徹底的に金ぴかだわ）

二人が圧倒されていると、金色の大ぶりなピアスをした笑顔の女性店員が近づいてきた。

「いらっしゃいませ。何かお探しですかあ？」

「はい。こちらの店の看板商品がすごいという噂を聞きまして、見に来ました」

ローズが答えると、女性店員がにっこり笑った。

「まあ！　それでしたら、こちらにどうぞ」

女性は二人を段の上にあるショーケースの前に案内すると、ニコニコしながら真っ赤に塗られた爪でケースの中を指差した。

「こちらがうちの看板商品、黄金の指輪ですわあ」

それは、黄金の蛇がとぐろを巻いているような太い指輪で、真ん中に大きな真紅の魔石がはめ込まれている。

オリビアは、思わず驚きの声を上げそうになった。ここまで個性的な指輪は見たことがない。

店員が笑顔で「どうぞお試しください」と、指輪をローズに差し出す。

ローズが顔をやや引きつらせながらそれを指にはめた。

「……すてきですけど、わたしには少し派手かもしれません」

「そんなことありませんわあ。とてもお似合いです。お洒落ですわあ」

さすがに、それは。と内心苦笑いするオリビアの横で、ローズが申し訳なさそうな顔をした。

「すみません。でも、ちょっと予算が……」

お金がないのを理由にこの場を離れようという算段だが、笑顔の女性店員がなかなか離してくれない。

「この商品は大人気ですから、やっぱり欲しいと思っても、しばらく入荷しない可能性もありますわあ」と迫ってくる。

あまりの強引さに引くオリビアの横で、ローズが引きつった笑顔で「すみません」となんとか断る。

そして、残念そうな店員に見送られて店の外に出た二人は、同時に「はあ」とため息をついた。

「すごかったわねえ」

「びっくりしました。すごい気迫でした」

驚いているオリビアの顔を見てローズがクスクス笑った。

「でも、面白かったわねえ。あんな魔石宝飾品、初めて見たわ」

「わたしもです。すごいインパクトだと思いました」

そのあと、二人はカフェに入って休憩。

そのまま昼食を取って、午後から残りの二店舗を見学することになった。

◇

雲が薔薇色に染まり、涼しい風が吹き始めた夕暮れどき。

四店舗の視察を終えた二人は、店に向かって大通りを歩いていた。

家路を急ぐ人々をながめながら、ローズが口を開いた。

「看板商品って一言で言っても色々だったわねえ」

「はい。とても興味深かったです」

午後に見た二店舗の看板商品は、巨大な魔石を使った高級指輪と、希少な魔石を使った腕輪の二つ。どちらもあまり見たことのない珍しくて面白い商品だった。

（実用性というよりは、シンボルとして目立つほうが重視されている感じだったわね）

オリビアは白い石畳に伸びた長い影をながめながら思案に暮れた。

たしかに店舗を象徴するような目立つ商品があったら、わかりやすいなとは思う。

しかし、果たして自分に、ああいった商品を作れるだろうか。

ローズが尋ねた。

「オリビアちゃん、何かアイディアは浮かんだ?」

「そうですね……。じつのところ、実用的で身に着けやすいネックレスや指輪のような商品を考えていたんですけど、派手で見栄えがするもののほうがいいかなと思い始めました」

ローズが「そうねえ」と、うなずいた。

「どこも目立つ商品が多かったものねえ」

「はい。なので、とりあえず、今まで描いたデザイン帳をながめて、色々考えてみようと思います」

そして、店の前に到着し、オリビアはローズにぺこりと頭を下げた。

「今日はありがとうございました。とてもよい勉強になりました」

ローズがにっこりと微笑んだ。

「わたしも楽しかったわ。こちらこそありがとう。頑張ってね」


その日の夜。オリビアは、三階にある自分の作業室にいた。

魔石ランプの下にならべられているのは、思いついたデザインが、ところ狭しと描き込んである、使い込まれたスケッチブック約一〇冊。

彼女はそのうち一冊を手に取ると、ペラペラとめくり始めた。よさそうなデザインを見つけては、切った紙切れを挟んでいく。

その日から、彼女の作業室には夜遅くまで明かりが灯るようになった。


ローズとの視察の一週間後。

しとしと静かに雨が降る、湿気が多くて生暖かい春の昼過ぎ。

「よう！　オリビア！　いるか？」

オリビアの作業室のドアがノックと同時に勢いよく開いて、元気よくララコーニャが入ってきた。

「頼まれていたものですね。できていますよ」

相変わらず自由人ね。と苦笑いしながら立ち上がるオリビア。鍵付きの引き出しからビロードでできた箱を丁寧に取り出すと、ララコーニャに差し出した。

「これです。お確かめください」

ララコーニャは楽しそうに箱を開けると、中の上品な花の形のネックレスを見て満面の笑みを浮かべた。

「いいなこれ！　これでうちの妻の機嫌はしばらく安泰だな！　ありがとうな！」

そして、作業台の上に散乱しているデザインを見て、軽く目を見開いた。

「これ、全部魔石宝飾品のデザインか。すごい数だな」

「ええ。まあ、肝心のものが全然できないんですけどね……」

げんなりした表情でつぶやくオリビアに、ララコーニャが明るく笑った。

「ああ。聞いたぜ。店の看板商品考えているんだろ」

「はい。そうなんです。色々考えてはいるんですけど、なかなか『これぞ』っていうのが浮かばなくて」

「大変だな」と言いながら、紙をそっとめくってながめるララコーニャ。そして、思いついたように、ふと尋ねた。

「なあ。あのデザイン賞で金賞をとったやつじゃだめなのか？　あれはすごい目玉商品になると思うぞ」

オリビアは、ため息をついた。

「ゴードンさんにも勧められたんですけど、高すぎるんですよね。あれ」

ララコーニャが、ニヤリと笑った。

「まあ、たしかに、あれ一個で郊外にちょっとした家くらいなら買えそうだもんな」

「そうなんですよ。あれを看板にしたら、超高級店だと思われそうな気がしてしまって」

オリビアの言葉に、ララコーニャが首を捻った。

「ダメなのか？　超高級店路線っていうのも悪くないと思うぞ？　魔石宝飾品ならではの

商売の形態だよな」

オリビアは目を伏せた。

「……ダメではないですけど、できれば、お金の有無に関係なく喜ばれる店にしたいなと思っているんです」

貴族相手の商売はたしかに儲《もう》かる。貴族の客が買っていく金額は、平民の比ではない。

でも、毎日仕事をして疲れている平民女性にこそ魔石宝飾品は必要だし、楽しんでもらいたいと思っている。

ララコーニャが楽しそうに笑った。

「はは、いいな！　オリビアらしい」そして、「邪魔したな、頑張れよ！」と、机の上にお菓子の袋をぽんと置いて、片手を振って出ていく。

「ありがとうございます」とお礼を言いながら、その後ろ姿を見送るオリビア。すぐに作業机に向かい、再びデザイン作りに没頭する。

——しかし、その日も、その次の日も。「これだ！」と思えるデザインはできなかった。


「……なるほどねえ。デザインが全然浮かばなくなって、困り果ててうちに来たってわけね」

「ええ。そうなのよ。もう行き詰まってしまって」

ローズと視察に行った二週間後。

サリーの店のピンクの執務室で、オリビアが机の上に頬をのせてぐったりしていた。目の下には見事なクマができている。

不思議な体勢のまま深いため息をつくオリビアに苦笑しながら、「たしかにねえ」と、サリーがオリビアの持ってきたデザイン画を手に取った。

「どれもすごくいいと思うわ。他の店だったら看板商品になってると思う。でも、オリビアの店の看板商品がこれかと言われると、ちょっと微妙よね」

「そうなのよ」と、オリビアが力なくうなずく。

あれから彼女も頑張ったのだ。

普段デザインしないブローチに取り組んでみたり、方向性を変えてみたらどうだろうと、男性物のカフスを女性向けにアレンジしてみたり、それはもう色々やった。

でも、何かが違う気がするのだ。

(はあ。どうしよう)

彼女は焦っていた。このままでは、金賞をとった超高額商品を看板商品にせざるをえなくなってしまう。

「……それで、サリーに聞こうと思って来たの」

「わたしに？」

目を見開いて長いまつげをパチパチとさせるサリーの前で、オリビアが座り直した。

「ええ。サリーの店の看板商品について教えてほしいの」

サリーのデザインしたドレスはとてもすてきだ。それが人を呼んでいるのに間違いはないと思う。

でも、「特にこれ」とアピールしている看板商品を見たことがない気がする。

彼女は一体何を看板にしているのだろうか。

サリーは考えるように目を伏せた。

「そうね……。うちの場合は、看板商品というよりは、看板コンセプトだと思うわ」

「看板コンセプト」

「そう。うちの店のコンセプトはね、『誰でもお姫様になれる店』なのよ」と、サリーがにっこり笑う。「オリビアは、うち以外のブライダルブティックに行ったことある？」

「王都じゃなくて、ダレガスの店なら何回か」

「どんな感じだった？」

「広い部屋にいっぱい人がいて、それぞれドレスを試着している感じ」

「そうそう。そんな感じよ」と、サリーが執務机に頬杖をつく。

「わたしね、ブライダルのときは、女の子にはみんなお姫様になってほしいの。でも、普通の店は効率重視でね。人がいっぱいいる場所で着替えるお姫様なんていないでしょ？だから個室にしたの。可愛い部屋ですてきなドレスを好きなだけ選んで着て、いっぱい褒めてもらえないと、お姫様にはなれないもの」

オリビアは部屋を見回した。ピンクの小花柄の壁紙に白い家具。

（思えば、ドアに掛かっているリースから、ドレスの試着室、ちょっとした小物まで、全部おとぎ話の国のような雰囲気に統一してあるわ。これって全部『お姫様になれる店』を作るためだったのね）

そして、気がついた。

（そうよ！　看板商品っていっても、物だけとは限らないわ！）

何か気がついた様子のオリビアを見て、サリーが口角を上げる。

オリビアは頼りになる友人を感謝の目で見た。

「ありがとう。わかったかもしれないわ。戻ってもう一回整理してみる」

サリーが嬉しそうに笑った。

「どういたしまして！　困ったらまた来るのよ！」

その日の夜。オリビアは寮の自室で、魔石ランプに照らされながら机に向かっていた。

頭の中を、視察した店や顧客の顔、サリーの話、父の店など、色々なものが浮かんでくる。

魔石ランプをながめながら、彼女は小さくつぶやいた。

「結局、わたしはどういう店を作りたいのかしら……」

その日から数日、彼女は夜遅くまで考えを重ねた。

◇

サリーの店でヒントを得た数日後の、夕方少し前。

仕事をひと段落させたオリビアが、ゴードンの執務室を訪れていた。

「看板商品、できました！　見てください」

ゴードンが「お！」と、嬉しそうな顔をしながら、オリビアの持ってきたデザインの描かれた紙を受け取る。

そして、紙をながめて目をぱちくりさせた。

「……これは、どういうことだ？」

そこに描かれていたのは、様々なデザインの指輪やネックレス、ペンダントなどの十数種類の魔石宝飾品。

ゴードンは首を捻った。

「……どのデザインも素晴らしいが、どれを看板商品にするんだ？」

看板商品が一つとは決まってはいないが、さすがにこれは多すぎるだろう。そう言いたげな彼に、オリビアは胸を張った。

「全部です！」

「は？　全部？」

ポカンとするゴードンに、オリビアがにっこり笑った。

「看板商品は、『古い魔石宝飾品のリメイク』です！」

商品を考えている際に彼女が思い出したのは、サリーの店で聞いた年取った母と祖母の会話。

『いいわねえ。今の子は。わたしもおじいさんから、それはもう立派な指輪をもらったんだけど、着けたのは一回きり。もう五〇年以上見てないよ』

『わたしのは、娘ができたらあげようと大切にしまっておいたのに、いざあげようって言ったら『そんな古臭いの、いらない！』なんて言われてねえ。もう悲しいったらありゃしないよ』

彼女は考えたのだ。こうした思い出の詰まった大切な魔石宝飾品をリメイクするサービスがあれば、自身が身に着けて楽しんだり、母から娘に伝えたり、末永く喜んでもらえるに違いない。と。

ゴードンが「ほう、なるほど」と目を細めた。

「面白いな。俺たちにはない発想だし斬新だ。だが、新しく作って売るほどお金は入らないぞ?」

オリビアはうなずいた。

「はい。それについては、隙間時間を使うようにしたり、数を限定したり、利益を圧迫しないように工夫していこうと思っています」

ゴードンが、ニカッと笑った。

「よし! そこまで言うならやってみるか!」

そして、机の下の金庫から、使い込まれた金色に鈍く光る鍵を取り出した。

「これが店の鍵だ。今日からおまえさんのもんだ。改めて行ってみるといい」

「はい! ありがとうございます!」

緊張しながら鍵を受け取るオリビア。

ずっしりとした重みを感じながら、お辞儀をすると、足早に部屋を出ていった。


――彼女が出ていって、しばらくして。

ゴードンは、軽くため息をついて、立ち上がった。

窓から空を見上げながら思い出すのは、オリビアとそっくりに笑う友の顔。

ゆっくりと流れる雲をながめながら、彼は小さくつぶやいた。

「喜べ、ラルフ。おまえの娘は、おまえの想像以上に素晴らしい魔道具師に育ったぞ」


ゴードンの執務室から出たオリビアは、作業室に寄って、外に出た。

外はすでに夕暮れの気配が漂い始めており、高い建物で遮られた狭い空が、うっすらと薔薇色に染まっている。

(早いわね。もう夕方なのね)

空を見上げながら、オリビアは石畳の上を歩き始めた。ラミリス通りに向かって足を進める。

ラミリス通りは、カフェや服飾店がならぶ若い女性に人気の通りで、夕方近くになっても多くの女性たちが楽しそうに歩いている。

オリビアは、その一角にある小さな窓が付いている店の前に立った。

(ここね)

鞄から渡された鍵を取り出すと、ややペンキが剝がれた扉を開ける。

チリンチリン。誰もいない店に響き渡る、澄んだベルの音。

オリビアはそっと中に入ると、扉を閉めた。

薄暗い店内はガランとしており、外のにぎやかさが嘘のように静まり返っている。

長らく無人だったせいか、埃《ほこり》っぽいにおいが漂ってくる。

（……なんなのかしら、この感覚。懐かしいような、胸がドキドキするような）

春の湿った土のにおいを嗅いだときのような不思議な感覚に、目を細める。

店内をゆっくりと見回しながら、彼女は軽くため息をついた。

（……ここがわたしの店になるなんて、なんだか実感が湧かないわね）

数日後には職人が来て、棚やらカウンターやらを取り付けてくれる。

そうなれば、自分の店という実感が湧くのだろうか。それとも看板が付いたら、自分の店だと思えるようになるのだろうか。

「……名前、考えないとね」


──そして、この一週間後。木の扉には、こんな看板がかけられた。

『オリビア魔石宝飾店　近日開店』


空が白っぽく光る、夏の午後。

オリビアの店がオープンする二週間前。

動きやすそうなパンツ姿のオリビアが、ラミリス通りの中ほどにある店の入り口で、気のよさそうな内装職人の親方と、店内見取り図を見ながら熱心に話していた。

「はい。この部分に左側と同じ棚を三つ付けていただければと」

「三つだと、こっちのスペースが空くが、いいんですかい？」

「小さな飾り台を置こうと思っているので、大丈夫です」

店の中では、複数の職人たちが作業をしており、とんかちやノコギリの音が聞こえてくる。

そして、親方が「そろそろ休憩にするか」と、職人たちに声を掛けた、そのとき。

「こんにちは」

ベージュのワンピースを着て日傘をさした女性が、おっとりと声を掛けてきた。

「ローズさん！」

オリビアの嬉しそうな顔を見て、ローズがにっこり笑った。

「オリビアちゃん、ゴードンさんからの返事、持ってきたわよ」

ありがとうございます。と手紙を受け取ると、オリビアは親方のほうを向いた。

「わたし、ちょっと出てきますね」

「わかりやした。夕方までに戻ってきてもらえればいいんで、ゆっくりしてきてくださいや」

「ありがとうございます。ローズさん、行きましょう」

愛想よく手を振る親方に手を振り返すと、二人は少し歩いたところにある小さめのカフェに入った。座って遅いお昼をオーダーする。

ローズが、心配そうにオリビアの顔をのぞき込んだ。

「また無理しているんじゃない？　まあ、あと二週間だから仕方のない面もあるけど」

ここ一か月、彼女は本当に忙しかった。

慣れない手続きや書類の作成、本店と連動した会計の仕組みの勉強、工事打合せ、家具選びなど、通常の仕事と共にやっているため、ほとんど寝る暇がない。

書類や手続きについては、ゴードンやローズに教えてもらいながら、なんとかこなしている状態だ。

「店の二階に住むのよね？　部屋の準備は大丈夫なの？」

「はい」と、運ばれてきたナポリタンスパゲティに目を輝かせながら、オリビアがうなずいた。「最低限の家具は買って、二階に運んでもらいました。住むだけなら大丈夫そうです」

ちなみに、従業員については、信用できる人間を見つけるのは難しいので、無理に開店までに探すのはやめ、本店からローズを派遣してもらいつつ、時間をかけて慎重に採用することになっている。

ローズが、フォークでペンネを器用にすくいながら尋ねた。

「開店前日、手伝いに来るわよ。荷物とか展示とか大変でしょう？」

「でもその日って、ローズさん、お休みの申請をしていましたよね？」

ローズが、何言っているのよ。という風に笑った。

「いいのよ、そんなの。ずらせばいいんだし」

「いえ、大丈夫です。魔石宝飾品は軽いですし、最初はそこまで数がないので」

オリビアは思っていた。これまでもローズには散々お世話になった。何度も休日返上で手伝ってもらってもいる。これ以上は申し訳ない。

「ぜひ休んでください」と明るく言いながら、美味しそうにパスタを頬張るオリビアを、心配そうに見つめるローズ。「わかったわ」と、ため息をついた。

「じゃあ、休ませてもらうけど、無理だったらちゃんと言うのよ」

オリビアは、空のお皿のわきに満足げにフォークを置くと、元気よくうなずいた。

「はい、わかりました。多分大丈夫です！」

◇

前夜からの雨が止み、透き通るような爽やかな風がふく夏の朝。

オープンの前日。

オリビアは、自分の店舗を見まわしながら、感嘆のため息を漏らした。

（すごい店になってしまったわ……）

そこに広がっているのは、想像した倍は素晴らしい店。

落ち着いた青の壁紙が貼られた店内に、高級感のあるモダンな家具が置かれており、まるで貴族令嬢が通うお洒落なティーサロンのようだ。

ここが自分の店だなんて未《いま》だに信じられないわ。と思いながら、オリビアは横目で部屋の隅を見た。

そこに積んであるのは、小さめの木箱が三つ。

中にはゴードン大魔道具店で作ってきた魔石宝飾品と、壁飾りや展示用の置台などが入っている。

ちなみに荷物はあとから衣類や日用品など最低限のものが詰まった大箱が一つ届く予定で、残してきているものについては、時間をかけて少しずつ移動させる予定だ。

（さて、やってしまいましょうか）

オリビアは腕まくりをすると、壁際にならんでいる戸棚のガラス戸を開け放った。

箱を運んでくると、中から魔石宝飾品や置台を取り出して、時々後ろに下がって全体を確認しながら、ならべていく。

（考えてあったせいか、意外とスムーズだわ）

そして、一時間ほどで一つ目の箱が終わり、「これなら余裕ね」と、二つ目の箱に取り掛かろうとした、そのとき。

チリンチリン。店内に真新しいドアベルの音が鳴り響いた。

「はあい」

「オリビア！　来たわよ！」

「！」

手を止めて、急いで防犯の魔石が埋め込まれている店舗のドアを開けると、そこには友人のサリーと、その婚約者であり騎士でもある大柄で気の良さそうな青年ニッカが、花かごを抱えて立っていた。

サリーが笑顔でピンクのスイートピーの可愛らしいアレンジメントを差し出した。

「オリビア！　開店おめでとう！」

「ありがとう、すてきな花！」

「おめでとう。これは俺が運ぼう」

オレンジ色と赤のガーベラのアレンジメントをニッカが軽く持ち上げる。

オリビアが、「どうぞ」と、中に招き入れると、サリーが目を丸くした。

「すごくいいじゃない！　すてきだわ！」

もらったアレンジメントを目立つ場所に置きながら、オリビアが照れ笑いした。

「ありがとう。色々なカフェを参考にさせてもらったの」

サリーが、中央に置いてあるアイボリーのソファに座った。

「ここに座って商品を見るの？」

「ええ。商品はガラスケースに入れてお持ちする感じにしようと思っているわ」

「予約制？」

「基本は予約制よ」

「それはいいわね！」と、サリーは微笑みながら立ち上がると、置いてある姿見の前に立った。

「ここで全身が見られるのね」

「ええ。色味が気になるようだったら、そこの布を合わせることもできるわ」

鏡の横の棚に置いてあるのは、一〇色以上の大きめの布地。その中の赤い布を取ると、サリーが体にかけた。

「いいアイディアね！　どんな色にどう映えるかわかるってことね！」

「やっぱり合わせてみないとわからないこともあるから」

布を丁寧に畳んで戻しながら、サリーが興奮したように言った。

「これは絶対に人が来るわ！　魔道具師に話を聞きながら時間をかけて選べるとか、最高よ！」

そのあとも、ニッカがいることも忘れて、店のあちこちを見ながら、おしゃべりに花を咲かせる。

しばらくして、サリーが思い出したように「そうだわ！」と手を打った。

「わたしたち、手伝いに来たんだったわ！　何かやることはない？」

「力仕事なら得意だぞ」と、壁にかかっていた絵をながめていたニッカがうなずく。

「ありがとう」と言いながら、オリビアは改めてサリーの服装をながめた。

可愛い流行りのワンピースを着て、お洒落な日傘を持っている。

ニッカもパリッとした服装をしており、どう見てもデートだ。

（デートの最中に、手伝いなんてさせちゃ悪いわよね）

オリビアは、にっこり笑った。

「ありがとう。でも大丈夫よ。あとは小物をならべたり、道具を片付けたりするだけだから」

「本当？　一人で大丈夫なの？」

「ええ。そこにある箱二つを開けてならべるだけだもの」

振り返って小さな箱を二つ見て、サリーが、あれしかないなら、かえって邪魔になるかもしれないわね。という顔をする。

「じゃあ、今日はここで失礼するわね、明日また来るわ」と、ニッカと店を出る。

手を振って二人を見送ると、オリビアは店の飾りつけと陳列に戻った。

配置に悩みながらも、指輪やピアスをショーケースの中にならべていく。

そして、二つ目の箱が終わり、最後の箱に取り掛かろうとした。そのとき。

チリンチリン。再びベルが鳴った。続いて聞こえてくる男性の声。

「オリビアさん、ゴードン大魔道具店からお荷物届けに来ました！」

カーテンの隙間から外を確認すると、そこに立っていたのは、大きな木箱を抱えた男性だった。

（多分、わたしが送った荷物だわ）

そう考えながらドアを開けると、男性が木箱を足元に置いて、紙とペンを差し出した。

「こちら、受け取りサインをお願いします！　あと、これ、どこに置きましょう？」

「では、ここにお願いします」

オリビアが店舗の隅の空いているスペースを指差すと、男性が、よっこらしょっと箱を運んでくれる。

彼女は首をかしげた。中身は服などの日用品のハズなのに、なぜあんなに重そうなのだろうか。

男性が立ち去ったあと、オリビアは箱を開けて、目を見開いた。

（……っ！　これって、ハリソンさん？）

それは、ハリソンの部屋にあったものと同じ小型の魔石コンロや、防火マットなどの魔道具や備品だった。

オリビアが気に入って使っていたものと同じものを新しく送ってくれたらしい。

（ありがとうございます。ハリソンさん）

目を潤ませて箱の中をながめるオリビア。お世話になった上にこんなものまでいただいて、わたしは本当に幸せ者だと考える。

そして、今度店に戻ったらお礼をしなければ。と思いながら、再び店舗の片付けに取り掛かろうとした、そのとき。

チリンチリン。三たびベルが鳴った。

「オリビアさん、ゴードン大魔道具店からお荷物届けに来ました！」

（今度はわたしの荷物かしらね）

カーテンの隙間から外を確認すると、そこに立っていたのは、先ほどよりも大きな木箱を持った男性。

まったく身に覚えがないものの、もしかしてまた誰かのプレゼントかもしれないと思ってドアを開けると、男性がニコニコしながら紙とペンを差し出した。

「ゴードンさんからのお届け物です！　どこに置きやすか？」

「ええっと、部屋の隅にお願いします」

「わかりやした！」

持っていた大きな木箱一つに加え、近くに停めてあった馬車から更に四つ持ってきて部屋の隅に積んで帰っていく男性。

そのあとも、運送業者の訪問は続き。

気がつけば店舗の隅には、大量の箱が積まれていた。

(これは予想外だわ……)

オリビアは箱の山の前でため息をついた。

この大量の箱の送り主は、すべてゴードン大魔道具店。

恐らく、先輩方がそれぞれオリビアのためを思って色々と送ってきてくれたのだろう。

ゴードンに至っては、大きな箱を五つも送ってきてくれているから、相当なものが入っていると考えたほうがよさそうだ。

オリビアは思った。嬉しい、すごく嬉しい。

(……でも、明日の朝までにどうやって片付けるのかしら)

これは徹夜確実ね。というか、徹夜で済むのかしら。と、彼女が箱の前で途方に暮れていた、そのとき。

チリンチリン。またもベルが鳴った。

「……はい」

また来たのね。と暗い顔で店舗のドアを開けるオリビア。

するとそこには、美しいひまわりの花かごと、大きな白い紙箱を抱えたエリオットが立っていた。

彼は、片手で茶色いハンチング帽子を取ると、形の良い口の上に上品な微笑を浮かべた。

「こんにちは。オリビア。開店おめでとうございます。お祝いを持ってきました」

「まあ！　ありがとう！」

彼が荷物を持った男性ではなかったことにホッとしながら、オリビアが笑顔になる。

「とても綺麗な花ね。あと、その箱は？」

「前に行ったことがあるカフェのパイです。おやつの時間なのでちょうどいいかと思いまして」

彼女は目を輝かせた。さすがはエリオット。よくわかってくれている。思い出してみれば、朝から何も食べていない。

花ではなく箱の香りをかいでうっとりするオリビアを見て、エリオットが、「あなたは本当に正直ですね」と楽しそうに目を細める。そして、尋ねた。

「私にお手伝いできることはありませんか？」

「……え？」と、オリビアがピシリと固まった。「もしかして、手伝ってくれるの？」

「ええ。そのつもりで来ました」

そう爽やかに言うエリオットの腕を、オリビアがガシッと掴んだ。

「え？　オリビア？」

目をぱちくりさせるエリオットを、オリビアが潤んだ目で見上げた。

「ありがとう！　恩に着るわ！」

◇

店の奥の作業場に移動して、十数分後。

部屋の真ん中にある作業机の上でお茶を淹れながら、オリビアは心の中で感嘆の声を上げていた。

（エリオットって、意外と力があるのね）

目の前では、綺麗にアイロンがかかったシャツの袖をまくり上げたエリオットが、オリビアが動かすのがやっとだった箱を、ひょいと抱えて運んでくれている。

服を着ていると細身に見えるが、がっちりした肩や腕に浮き出た筋を見ると、どうやらかなり鍛えているらしい。

（商人って案外力仕事が多いのかしら）

みるみるうちに運ばれていく箱たち。

そして、「運び終わりました」「ありがとう。助かったわ」という会話をかわしたあと、二人は作業机に向かいあってお茶を飲み始めた。

オリビアが、ウキウキしながらお菓子の箱を開けた。

「すごい！」

それは、見ているだけで心が躍る光景だった。

白い箱にならべられているのは、子どものこぶし大の丸いパイ。それぞれ上にチョコレートやナッツ、薄く切った林檎《りんご》などがのせられている。

オリビアがため息をついた。

「どれも料理人が丹精込めて作ったことがわかる見事な造形だわ。しかも、なんていい香りなのかしら！　まるで林檎農園にでもいるようだわ！」

「あなたは食べ物のことになると、本当に雄弁になりますね」

エリオットが、笑いをこらえるように片手で口元を押さえて目をそらす。

二人はそれぞれパイを選ぶと、いただきます。と食べ始めた。

オリビアが幸せそうにもぐもぐしながら、エリオットを感謝の目で見た。

「本当にありがとうね。とても美味しいわ。あと、箱を運んでくれてありがとう。わたし一人だったら無理だったわ。エリオットって力持ちなのね」

「いえいえ。大したことはありませんよ。こちらこそお茶を淹れていただいて、ありがとうございます」

エリオットは、心なしか少し照れたような表情を浮かべると、顔を軽く背けて開いたドアから店舗部分をながめた。

「すてきな店になりましたね」

「ええ。わたしもびっくりしているわ」

エリオットが、作業台の上に置かれている、入り口に下げる用の真新しい青い看板を見た。

「店の名前、『オリビア魔石宝飾店』にしたんですね」

「そうなの。色々考えたんだけど、両親がくれた名前をつけたいな、と思って」

「とてもよいと思います。すてきな名前です」

「ありがとう」と、オリビアが頬を染めて笑う。花や星座の名前にしようかと思った時期もあったのだが、結局この名前に落ち着いた。

最初は、自分の名前をつけることに照れはあったが、今では父と母がくれたものを遺《のこ》せて良かったと思っている。

そんな彼女に優しげな眼差しを向けながら、エリオットが感慨深げに口を開いた。

「一年前にあなたと出会ったときは、まさかこんな短期間に店を持つようになるとは思いませんでしたよ」

「わたしもよ」

オリビアが、しみじみとうなずく。自分でも夢なんじゃないかと思うときがある。

エリオットが微笑んだ。

「これから大変でしょうけど、何かあったら頼ってください。力になります」

「ありがとう。……でも、あなたには色々相談に乗ってもらっているし、重要な情報を教えてもらったから、これ以上助けてもらうのも悪い気がするわ」

オリビアが遠慮がちに言うと、エリオットが苦笑した。

「あなたは本当に人に頼るのが苦手ですね。我々は友人なんですから、そんなこと言わないでください」

「でも」

「でも、じゃありません。困ったときに助けあうのが友人なんです。ちゃんと頼るんですよ」

オリビアは、エリオットに感謝した。

(こんな風に言ってくれる友人がいるなんて、わたしは本当に幸せだわ)

王都に来たその日に彼と偶然出会えたのは、本当に幸運だった。

「わかったわ。ありがとう、エリオット。わたしは本当にいい友人を持ったわ」

「……私もですよ、オリビア」と、エリオットは少し切なそうに目を伏せながら微笑むと、立ち上がった。「では、荷物を出すのを手伝いましょう」

「本当？　助かるわ！」

「どの箱を開ければいいですか？」

「ええっと、それじゃあね……」

このあと。二人は、夕食を挟んで夜遅くまで楽しく会話しながら片付けに勤しみ、日付が変わる前に、なんとか終わらせることができた。

エピローグ　オリビア魔石宝飾店へようこそ

青く澄んだ空がどこまでも高く晴れ上がった爽やかな朝。

オリビアは、真新しい店舗の真ん中に立って周囲を見回していた。

彼女の目に映り込むのは、落ち着いた青の壁紙と、高級感のあるモダンな家具、上品な装飾品。

壁際に置かれたショーケースカウンターの中には、デザインした魔石宝飾品たちが、朝の光を受けて輝いており、壁には『魔石宝飾品のリメイク承ります』と書かれた金の縁取りの小さなカードが飾られている。

（……本当に、わたしの店なのね）

ジワジワと湧いてくる実感に目を潤ませていると、奥の作業室から笑顔のローズが出てきた。

「オリビアちゃん。そろそろ時間よ」

「はい」

オリビアが、通りに面した窓にかかった、白いレースのカーテンを静かに開けると、そこにいたのは予約客と思われる二人組の日傘をさした若い女性。ワクワクした様子で楽しそうに会話している。

お客様第一号ね。と感極まるオリビアの耳に、ボーンボーン、という時間を知らせる教会の鐘の音が聞こえてきた。

チリンチリン。と、店のベルが待ちきれないように鳴らされる。

(さあ。新しい日々の始まりだわ)

オリビアは深呼吸をすると、店のドアを開けてにっこり笑った。

「いらっしゃいませ。オリビア魔石宝飾店へようこそ」

蠢《うごめ》く陰謀

オリビアが王都に行って、約一年半。

ダレガスの街の中心地から少し外れたところにある、地元で美味しいと評判のパン屋で、店のおかみさんが床を掃いていた。

(今日も疲れたねえ。さっさと掃除をして帰ろうかね)

手早く片付けと掃除を済ませて店を出て、鍵をかけて家に帰ろうとした、そのとき。

「すみません」

後ろから声を掛けられ振り向くと、そこには若い女性の三人組が立っていた。みんな洒落て高そうな服を着ている。

女性の一人が、遠慮がちに口を開いた。

「あの。お尋ねしたいんですが、あそこにある魔道具店って、いつ開いているんですか?」

女性が指差したのは、斜め向かいにあるカーター魔道具店。ドアは固く閉じられ、店内は暗く静まり返っている。

おかみさんは辛そうにため息をついた。

「ああ、あそこはね。ここ最近閉まったままなのさ。噂じゃあ、店主の娘が結婚するとかで、店を開ける時間がないんだとさ」

「まあ！　オリビアさんが？」

「いや。オリビアちゃんじゃなくて、義理の妹のほうらしいんだけどね」

「……そうなんですね」

女性が残念そうな顔をする。以前、オリビアのデザインしたピアスを購入して、とても気に入ったので、友人と一緒に買いに来たらしい。

「ありがとうございました」

「いやいや。お役に立てなくて申し訳なかったね」

お礼を言って去る三人を、おかみさんが手を振って見送る。そして、彼女たちが見えなくなると、深いため息をついた。

「……まったく。どうなっているんだろうねえ」


約二年半前。カーター魔道具店の店主とその妻が相次いで亡くなった。

彼らの娘であるオリビアは魔道具師だったことから、まだ若い彼女を古参従業員のジャックが助け、二人で協力しあいながら店を切り盛りしていく、という話になっていた。

しかし、その二か月後。突然、なんの前触れもなく店主が変わった。

新しい店主はオリビアの父親の弟だという偉そうな男で、そこから店の雰囲気が殺伐とし始めた。

オリビアは次第に笑わなくなり、ジャックも疲れ果てた顔をするようになった。

どう見てもうまくいっていなさそうな状況を見て、おかみさんは胸を痛めた。

何度も店に差し入れを持っていき、大丈夫かと気遣った。

オリビアの話では、叔父が貴族向けの仕事をねじ込んでくるため、休む暇もないらしい。

そして、遂にジャックが過労で退職。

その数か月後にオリビアが突然いなくなり、じつは彼女が義妹のデザインを盗んでいたという噂が流れた。

おかみさんは大いに憤慨した。

「まったく！　そんなことあるわけないだろうに！」

あんなに真面目に一生懸命働いていたオリビアが、そんなことをするはずがない。しかも、彼女は領主の息子ヘンリーから婚約破棄をされたという。

「可哀そうに。傷ついたに決まっているよ……」

慰めてやりたいと思うものの、彼女は行方《ゆくえ》知れず。

替わりに店に来た義妹のカトリーヌとやらにオリビアのことを尋ねると、可愛い顔に似合わぬ不機嫌顔でこう返された。

「デザインはわたしがやりますので、お姉様はもう戻ってきません！」

しかし、彼女が頻繁に店に来ていたのは、最初の半年ほど。

いつからか客が減り始め、店も閉まりがちになり、最近では開いているところを見たことがない。

おかみさんは心配そうに、やや荒れ始めたカーター魔道具店を見た。

「オリビアちゃん。無事に暮らしてるといいけどね……」


一方そのころ。

ダレガスの街の大通りに面した喫茶店で、オリビアの元婚約者のヘンリーとカトリーヌがお茶を飲んでいた。

ベルゴール子爵の言いつけに従い、二人は婚約破棄から一年空けて婚約した。

現在は、結婚式の案内状も出し終わり、式に向けて準備の真っ最中。普通であれば、忙しいながらも幸せな期間のはずなのだが、ヘンリーの顔色は優れなかった。

「ねえ。カトリーヌ。君はいつになったらカーター魔道具店を再開するんだい？」

浮かない顔のヘンリーに、カトリーヌは申し訳なさそうな顔をした。

「ごめんなさい。結婚式の準備や勉強で、どうしても店に行く時間が取れなくて……」

「週一回でもいいから店に行けないか？　父上に聞かれているんだ。一体いつになったら店を再開するんだって」

ベルゴール子爵の名前を聞いて、カトリーヌが顔を強張らせる。

ヘンリーが心配そうな顔をして彼女の顔をのぞき込んだ。

「ねえ。カトリーヌ。もしかして、君、どこか悪いんじゃないのか？　最近大好きだって言っていたデザインもロクにしていないだろう？」

以前のカトリーヌは、いつも小さなスケッチブックを持ち歩いており、たまに何か描き込んでいた。

しかし、最近は描いているところはおろか、スケッチブックすら見ていない。

カトリーヌは、しばらくうつむいたあと、緑色の目を潤ませてヘンリーを見た。

「……じつは、気になっていることがあって、デザインに集中できなくなってしまったの」

ヘンリーは驚いた。いつも笑っている彼女にそんな悩みがあったなんて全然気がつかなかった。

「なんだい？　その気になっていることって」

「……お義姉様のことなの」

消え入りそうなカトリーヌの声に、ヘンリーが眉をひそめた。

「オリビアならもうこの街にいない。いじめられる心配はないだろう？」

「違うの。こういう形にはなってしまったけど、結婚式に出てもらいたいと思っているの」

予想外の言葉に、ヘンリーは目を見張った。

「本気かい？」

「ええ。本気よ。だって、このままだったらお義姉様が可哀そうじゃない」

「……まあ、それはそうかもしれないが、こうなったのも彼女の自業自得だろう」

「わたしもそう思うわ。でも、義理とはいえ、妹としては心配なの」

悲しそうに目頭を押さえるカトリーヌを見て、ヘンリーは思った。

優しいカトリーヌのことだ。恐らく、ずっと胸を痛めていたのだろう。

デザインは発想力が大切だと聞く。気になることがあると浮かばなくなるのかもしれない。

（本当はオリビアなんて顔も見たくないが、カトリーヌのためだ。仕方ない）

ヘンリーは渋々うなずいた。

「……ああ。わかったよ。気は進まないが、父上に頼んでみるよ。父上もオリビアのことを気にしていたようだから、多分断らないと思う」

「まあ！　ありがとう！」

カトリーヌが満面の笑みを浮かべてヘンリーの手を握る。

手を握られて機嫌がよくなったヘンリーは、心の中で自画自賛した。あんなひどい女を、許した上に結婚式にまで呼んでやるなんて、自分はなんて優しくいい男なのだろう。と。

だから、彼は気がつかなかった。
カトリーヌの口元が、これ以上ないほど意地悪く歪んでいたことを。

オリビア魔石宝飾店へようこそ
～家と店を追い出されたので、王都に店をかまえたら、
なぜか元婚約者と義妹の結婚式に出ろと言われました～／了

あとがき

はじめまして、こんにちは。優木凛々と申します。

このたびは本作を手に取っていただきまして、ありがとうございます。

あとがきということで、今回はこの物語の舞台モデルについて書ければと思っております。

一〇年以上前になりますが、私はイギリスのロンドンを旅したことがあります。

ロンドンといえば、バッキンガム宮殿や大英博物館など、たくさんの見どころがありますが、私が最も楽しみにしていたのは、「シャーロック・ホームズ博物館」です。

実は、私は大のホームズファンで、見に行けることを心から楽しみにしていていました。

見学当日の朝、地下鉄に乗って最寄り駅に行き、よく晴れた春の空の下、ロンドンの街並みをながめながら、五分ほど歩いて博物館に到着。その日の朝一番の客として、わくわくしながら中に足を踏み入れました。

驚いたことや感動したことはたくさんありますが、中でも特に印象に残ったのは、世界観の再現です。ホームズが存在したとされる一八世紀のビクトリア朝時代の雰囲気が完璧に再現されており、まるでその時代の知人の部屋にお邪魔しているような錯覚を覚えました。特に物語にちなんだ青い宝石が印象的で、とても感動したのを覚えています。

だから、魔石宝飾品職人の女の子の話を書こうと思った時、真っ先に、あの部屋と青い宝石のことを思い出しました。あの世界観の中で主人公が活躍する話が書けたら、とても面白いのではないかと思ったからです。

以降、私は博物館やロンドンの街並みを思い出し、参考にしながら、執筆を進めていきました。途中でもう一度シャーロック・ホームズ全巻を読み直したり、同名のアニメにはまったりと、何度か寄り道したものの、無事完成し、こうして本にしていただくことができました。

さて、一巻で自分の店を持ったオリビアですが、二巻で苦難が訪れます。元婚約者のヘンリーと義妹カトリーヌの結婚式の招待状が、なぜかベルゴール子爵から送られてくるのです。招待状をもらったオリビアはどうするのか。追い詰められた彼女を見て、エリオットはどうするのか。カトリーヌと子爵は一体何を考えているのか。

現在、二巻を鋭意執筆中です。近いうちにお届けできると思いますので、ぜひお手に取って頂ければと思います。

また、コミカライズの製作も進行中です。素晴らしい仕上がりとなっておりますので、こちらもぜひお読み頂ければと思います。

最後に、素敵なイラストを描いてくださったすざく様、その他、この本に関わってくださった全ての皆様に、この場を借りてお礼申し上げます。

それでは、また二巻で。

二〇二三年秋　優木凛々

MAG Garden NOVELS

オリビア魔石宝飾店へようこそ
～家と店を追い出されたので、王都に店をかまえたら、なぜか元婚約者と義妹の結婚式に出ろと言われました～

発行日　2023年12月23日 初版発行

著者 優木凛々　イラスト すざく

発行人　保坂嘉弘
発行所　株式会社マッグガーデン
〒102-8019 東京都千代田区五番町6-2
ホーマットホライゾンビル5F
編集 TEL：03-3515-3872　FAX：03-3262-5557
営業 TEL：03-3515-3871　FAX：03-3262-3436
印刷所　株式会社広済堂ネクスト
担当編集　須田房子（シュガーフォックス）
装　幀　木村慎二郎（BRiDGE）＋矢部政人

本書は、「小説家になろう」(https://syosetu.com/) 作品に、加筆と修正を入れて書籍化したものです。

ISBN978-4-8000-1399-6 C0093　Printed in Japan

著者へのファンレター・感想等は〒102-8019（株）マッグガーデン気付
「優木凛々先生」係、「すざく先生」係までお送りください。
本作品はフィクションです。実在の人物・団体・事件等には一切関係ありません。